Conan el Bàrbar:
Segona Part

Erika Sanders

Sèrie
Conan el Bàrbar Vol. 5 al 8

Sinopsi

Conegui les dones a la vida de Conan com mai abans li havien explicat...

Després de les noves aventures i els nous triomfs, Conan i el seu grup tornen a la ciutat on és ara casa seva, Tarantia.

El retorn farà que trobin a faltar les aventures? o serà millor del que s'esperava?

Aquesta publicació conté els volums del 5 al 8:

5 - Yasimina

6 - Zula

7 - Cassandra

8 - Adriana

Nova sèrie basada en les obres de Robert E. Howard.

(Tots els personatges tenen 18 anys o més)

Nota sobre l'autora:

Erika Sanders és una coneguda escriptora a nivell internacional, traduïda a més de vint idiomes, que signa els seus escrits més eròtics, allunyats de la seva prosa habitual, amb el nom de soltera.

Índex:

CONAN EL BÀRBAR
SEGONA PART
ERIKA SANDERS

CAPÍTOL V
YASIMINA

La botiga era moderadament gran, però encara estava dominada per molts dels altres edificis del veïnat.

Les agulles i les cúpules dels temples propers s'alçaven sobre els sostres propers, donant a aquest barri el seu caràcter distintiu.

Fins i tot els carrers estaven relativament tranquils, almenys quan els serveis d'adoració no estaven començant o acabant.

Aquest edifici, aleshores, encara que era millor que molts altres a la ciutat, semblava gairebé anodí aquí, els seus llisos murs de pedra i el seu rètol decoratiu no eren més impressionants que molts altres al carrer.

Conan i Yasimina eren aquí per proveir-se de subministraments abans de la seva propera incursió al desert.

No hi havia una gran urgència, ja que no tenien plans de sortir novament almenys per un parell de mesos, però un mai no sabia quan els subministraments serien útils, fins i tot aquí a la ciutat.

La botiga, per descomptat, atesa el veïnatge, estava especialitzada en béns religiosos.

Aquest era, principalment, el camp d'experiència de Lady Yasimina, però tot i així era útil que un altre membre del grup fos present.

De fet, encara que ell ja havia passat per la botiga abans, en visites anteriors a aquesta ocasió, mai havia estat a dins.

Yasimina, pel que sembla, era una habitual, per la qual cosa clarament tenia sentit per a ell deixar que la dama parlés.

A dins, la botiga semblava una mica menys discreta del que era al carrer.

Una varietat de símbols sagrats decoraven les parets, i el llarg taulell contenia una sèrie d'articles variats, fent que el lloc s'assemblés tant a una botiga d'antiguitats com qualsevol altra cosa.

Hi havia rodes de pregària, porta encens, flascons decorats i alguns articles la funció dels quals Conan només podia endevinar.

Evidentment, va pensar, no havia assistit a una àmplia gamma de serveis religiosos.

Almenys podia reconèixer la majoria dels símbols a la paret ...

L'home darrere del taulell era de mitjana edat i ben vestit amb una túnica blava marí.

Va saludar Yasimina com si fos una vella amiga, i després va dir a través de la porta del darrere a l'habitació que tenien clients; pel que sembla, tenia un dependent treballant a la part del darrere.

"Què puc fer per tu avui, la meva senyora?" Va preguntar, tornant cap a la dama.

"Estava buscant una mica d'aigua beneïda", va respondre ella, "usem tot el nostre subministrament en l'últim viatge i necessitarem una mica més. I algunes de les teves pocions curatives, és clar".

"Certament..." va dir el comerciant, però l'atenció de Conan es va distreure de la següent part de la conversa quan va arribar l'assistent de la botiga.

Que no era el sinó ella.

Era una dona jove, potser la filla del botiguer, probablement no més gran de setze o disset anys.

El seu cabell negre estava recollit en una cua de cavall amb un simple tancament platejat, i els vius ulls verds es movien entre els dos clients; Conan va sentir que s'hi demoraven més, però potser només perquè era un nou visitant.

La seva pell era suau i més pàl·lida que la del comerciant, amb grans llavis vermells i una boca molt sensual.

Sense cap pudor, i ignorant l'ambient religiós que la botiga hauria d'haver estat provocant, els ulls del guerrer van passejar pel cos de la jove, avaluant-ne la figura.

Portava un vestit verd fosc, l'escot retallat just sota el coll i les mànigues llargues als canells; el taulell ocultava les seves faldilles, però ell pensava que serien llargues i poc reveladores.

Tot i això, malgrat això, el vestit no va poder amagar la forma del seu cos.

Tenia una cintura estreta, una faixa lligada al seu voltant amb el símbol de la deessa del cor, i els seus braços eren igualment prims.

No obstant, on la vestimenta havia fallat principalment, era a disfressar la forma dels seus pits.

Eren alts i ferms, grans en comparació amb l'amplada de la cintura; només una roba més folgada i àmplia podria haver amagat aquest fet.

En general, va sentir Conan, ella estava desaprofitant-se en la religió, i ell hauria preferit molt més veure-la amb alguna cosa una mica més revelador.

Ell va prestar la seva atenció novament a l'assumpte en qüestió.

El botiguer estava preparant una gamma d'ampolles, i ell i Yasimina estaven discutint els preus de diverses opcions.

Pel que ell sabia, la dama no tindria cap dificultat a adquirir aigua beneïda beneïda pels sacerdots de Ymir, la seva deïtat predilecta, i el déu de l'honor i la virtut marcial, al temple.

Però de vegades, una varietat d'alternatives era útil, i sempre calia considerar les pocions curatives, juntament amb qualsevol altre element de religió que hi pogués haver.

Després de tot, hi havia diversos déus, i va suposar que era prudent mantenir tots satisfets sempre que fos possible.

Però, mentre que les pocions curatives eren certament d'interès, havia d'admetre que només dos dels déus podien reclamar rebre oracions o ofrenes d'ell... que eren Crom a la batalla i, només Muriela, deessa de l'amor, era probablement la que ho fes estar veritablement satisfet a la pau.

Un pensament el va copejar de sobte i, veient que el botiguer estava ocupat, es va tornar cap a l'assistent.

"Em pregunto si tens alguns petits símbols sagrats" ell li va preguntar a ella, "alguna mena de penjoll, potser, no especialment un dels grans. ¿Una cosa només com a decoratiu?"

"Per descomptat", va respondre ella, "tenim una àmplia gamma de joies religioses".

"Què tal un per a la deessa Muriela?"

Ella era un membre molt venerat del panteó de déus; després de tot, era tractada cortesament pels altres temples, encara que de vegades es mantenien a distància.

L'amor era una part important i positiva del món, una força essencial a l'univers, cosa que els altres déus no volien ni podien negar.

Encara que sospitava que es tractava principalment dels sacerdots d'alguns dels temples més religiosos que desconfiaven una mica de les seves implicacions físiques, fins i tot lloaven conceptes com el romanç i el matrimoni.

Els ulls de la noieta es van eixamplar lleugerament, però la seva boca es va torçar lleugerament en un somriure.

Almenys no l'havia ofès.

"Sí, els fem", va dir, "puc buscar alguna cosa del magatzem, si ho desitja".

Es va fer mitja volta, després es va aturar, com si estigués reflexionant sobre alguna cosa, i després es va girar.

"De fet, podria ser més fàcil si vinguessis amb mi, i puguis triar alguna cosa".

Va percebre un lleuger rubor a les galtes, i es va preguntar què significava.

Potser només estava una mica avergonyida pel record d'aquesta deïtat en particular... o potser era una mica més.

"Per què no?" Ell li va dir, mirant cap a Lady Yasimina.

Evidentment, ella havia sentit alguna cosa de la conversa, i va assentir amb el cap, abans de tornar cap al conjunt d'ampolles que tenia al davant.

Va preferir pensar que va veure un somriure divertit i indulgent a la cara mentre ho feia.

No podia estar segur de per què, ja no hi havia moltes coses que poguessin passar en el curt temps que probablement estarien a la botiga i encara menys en una botiga d'aquest tipus.

"Sóc Jehnna, per cert", va dir l'assistent mentre mostrava la part posterior de la botiga, "i tu ets?"

"Conan. Sóc un guerrer".

"Això explica per què no t'he vist abans. Passa més temps al barri dels gladiadors, suposo?"

"Sí, suposo que sí", va admetre. Certament, hi havia estat just ahir, visitant els seus companys d'armes i el seu local d'entrenament. "És aquest un negoci familiar, llavors?"

"No, Dellos és només un amic del meu pare, però he estat treballant aquí durant gairebé dos anys. Encara visc amb la meva família, però són fora en aquest moment, així que tinc la casa per a mi sola".

Ell va assentir, sense estar segur de què dir-ho.

Caminant just darrere d'ella, va notar la corba agradable dels seus malucs.

Com havia esperat, la seva faldilla era llarga, la vora just per sobre dels turmells i les botes de cuir suau ocultaven fins i tot la pell d'aquells.

Tot i així, la forma del seu cos era atractiva, i ell va haver de tornar per la força els seus pensaments a la compra.

Jehnna va aconseguir una porta reforçada a la part posterior del taller i la va obrir, revelant un espai d'emmagatzematge estret més enllà.

L'habitació era de pedra, com la resta de l'edifici, vorejada per prestatges de fusta a banda i banda que arribaven fins al sostre.

Els prestatges estaven apilats amb caixes i articles diversos, i sobresortien prou per deixar poc espai entre ells i la paret del fons.

"Deixa'm pensar..." va dir ella, "crec que estan en un dels prestatges superiors".

Va pujar a una escala que es movia en corredors al llarg dels prestatges i va aixecar una cama en un dels esglaons.

Mentre ho feia, la faldilla es va aixecar i ella, aparentment distreta, se la va enganxar encara més per alliberar el seu moviment.

Va lliscar cap enrere sobre el seu genoll aixecat, revelant que les seves botes tenien la longitud del panxell, però també mostrant una mica de pell nua del genoll i de la part inferior de la cuixa.

Les seves cames eren primes i ben formades, igual que la resta del seu cos, la pell pàl·lida, excepte per una petita piga que ara podia veure a la part interna de la cuixa.

Conan va empassar saliva, però aquesta vegada no va apartar els ulls.

"Veus alguna cosa que t'agradi?" Va preguntar, i ara ell estava gairebé segur que ella estava fent broma, ja que encara no li havia mostrat cap joia.

"Potser", va dir, sense comprometre's.

Potser si Jehnna no tenia el compromís religiós que els seus pares aparentment van pensar... això podria ser interessant.

"No sé gaire sobre Muriela", va dir ella, aparentment encara buscant a les caixes, "què fas en els teus serveis d'adoració?"

Es va resistir a la temptació de respondre que no era el que ella podria pensar.

"No és tan diferent de les altres deïtats en realitat", va dir, "donem gràcies per la generositat de la deessa, fem sacrificis per articles bonics. Passen aigua de roses per a la purificació, aquest tipus de coses".

Per descomptat, les reunions socials que de vegades segueixen els serveis podrien ser un assumpte diferent, va pensar en silenci, mentre els seus ulls encara bevien la forma de les cames i el cos.

"Creus en l'amor per a tothom, no? Això és una mica estrany per a un aventurer ... o no ets amb Lady Yasimina?"

"La deessa ensenya que l'amor és l'enllaç que manté unit a l'univers, sí. I Lady Yasimina és una col·lega meva, però no és una adoradora. No va bé de ser una dama, suposo. Les dames estimen el poder de Bé, i tenen un amor per les seves comunitats, però el canalitzen en adreces diferents de les dels seguidors de Muriela".

Ell no va respondre a la seva altra pregunta; la veritat era que era part de la seva identitat, no en contradicció amb la seva carrera aventurera, però tampoc no l'ajudava realment gaire en aquesta faceta.

No tenia les inclinacions pacifistes necessàries per unir-se al sacerdoci de la deessa.

"I quines adreces són aquestes?" va preguntar, mentre aixecava una capsa d'un dels prestatges més alts i tornava al pis, amb la faldilla caient al voltant dels turmells de nou mentre ho feia.

Conan no va respondre immediatament, pensant com enquadrar la seva resposta.

Estava ella coquetejant amb ell, o les preguntes eren realment innocents?

Si, com semblava probable, realment era el primer, què tan contundent es podria permetre la seva resposta?

Afortunadament, hi havia molts aspectes de la deessa.

"Creiem en l'amor romàntic, abans que res. Promovem el matrimoni, és clar, sempre que sigui per amor, no per diners o progrés social. Però no busquem restringir l'amor entre persones, i hi pot haver moltes maneres d'aconseguir-ho responent la teva pregunta ".

Va estendre la caixa i la va obrir per mostrar una sèrie de petits penjolls, amulets i braçalets, tots decorats amb el símbol de la deessa.

La majoria estaven clarament destinats a dones, per ser usats com a articles de joieria, però aviat va seleccionar una petita peça de plata en una fina cadena.

Mentre ho sostenia, va afegir un comentari final, en cas que ella tingués una idea equivocada.

"El consentiment mutu és al cor de tot el que fem, per descomptat. Sense això, no és amor".

Va col·locar la caixa en un espai lliure en un dels prestatges inferiors.

"Per descomptat", va dir ella, amb un lleu somriure.

Ella va passar al seu costat, dirigint-se a la porta.

A l'espai estret, els malucs van fregar el seu cos, i després ella es va aturar, girant-se per mirar-lo.

Els seus pits es van estrènyer contra el seu pit; fins i tot en un magatzem tan estret, sospitava que ella ho feia més del que era estrictament necessari.

Certament, el moviment no havia estat accidental.

"M'has de dir més", va dir ella, amb la cara a centímetres d'ell, els llavis robí convidaven a besar-los. "Però no ara; la teva amiga està esperant. Potser pots venir aquesta nit a casa meva".

Ella li va donar la seva adreça, i Conan va estar d'acord a anar-hi.

Aquest havia estat un gir sorprenent i molt agradable dels esdeveniments.

* * *

Quan ella va obrir la porta a la seva trucada, encara estava vestida amb la mateixa roba que a la botiga.

Aquesta vegada, no va fingir que no mantenia els seus ulls a la seva figura.

No hi havia dubte que ella era bonica, i fins i tot a la llum del llum de dins de la casa, podia veure que estava envermellida, amb un enrogiment carmesí a les seves galtes.

Ella gairebé semblava nerviosa, i ell es va preguntar si ella havia fet alguna cosa semblant abans.

Potser no; ella havia dit que els seus pares estaven lluny, així que potser ella poques vegades va tenir una oportunitat com aquesta.

Era poc probable que sorgís sovint on treballava, i ella era una dona molt jove.

Probablement no sigui verge, tan llançada com eventualment havia estat ella, però tampoc gaire experimentada en aquests assumptes.

Després de tot, ella encara estava vestida castament.

"Entra", va xiuxiuejar, mirant al seu voltant per assegurar-se que ningú més els pogués veure.

Ell ràpidament va entrar, i ella va tancar la porta darrere seu, recollint-se contra ella, els seus ulls ara recorrent el seu propi cos.

"Muriela creu en l'amor lliure, no és així?"

Conan va somriure.

"Crec que ets molt conscient d'això. Molts prefereixen fer un compromís, però fins ara no ha estat el meu camí. Aleshores, Jehnna..." va dir, no ocultant que estava veient l'ascens i la caiguda dels seus pits sota el vestit, "quins aspectes particulars de la teologia volguessis discutir?"

"Alguns dels teus ... actes religiosos són bastant físics, de manera que escolto", va dir, i la seva veu es va tornar ronca. "A fi d'experimentar més del panteó, crec que realment hauria de provar alguns. Ishtar, la deessa del cor és molt important per a mi, però tots els déus estan relacionats, i un ha d'adorar els altres de tant en tant, no creus?

"És cert", va admetre, "i Muriela és la filla d'Ishtar, després de tot. Pel que fa als actes físics de devoció, aquests no són part dels serveis religiosos com a tals. Però continuen sent un acte d'adoració, i ara em sento d'humor per a l'adoració aquesta nit, i tu?

Ell es va moure cap a ella, i ella es va col·locar directament als seus braços.

"Sí, l'adoració és bona", ha sospirat, "intensa, física, d'adoració".

La va abraçar i va besar els seus llavis vermells, sentint que la seva llengua lliscava més enllà de la seva.

Els seus llavis eren grans, voluminosos i sensuals, i el petó apassionat, encara que no semblava tenir una gran pràctica.

Definitivament no és verge, va decidir, però probablement amb relativament poca experiència.

Però estava convençut que això ja no seria així quan la nit s'acabés.

Ella es va retirar de la boca, respirant pesadament.

Els pits es pressionaven contra el pit, i els braços ja estaven embolicats al voltant de la seva prima cintura, mentre ella li envoltava el coll.

Gairebé panteixava, amb els ulls verds molt oberts d'anticipació.

"El dormitori és a dalt", va aconseguir dir, les paraules caient una sobre l'altra.

Ell va assentir, després va baixar el braç per aixecar-la sota els genolls, subjectant-la contra el seu pit mentre es dirigia cap a les escales i avançava cap al pis superior.

Es van besar de nou quan van arribar al descanset, ell encara la portava als braços.

Ella va assentir cap a una de les portes, i ell la va obrir amb un colze.

"Només un moment", va dir de sobte, "crec que la Ishtar hauria d'esperar fora".

Ell va arrufar les celles, sense saber a què es referia, però ella va respondre a la seva pregunta estenent una mà per descordar-li el cinturó, el que portava el símbol sagrat de la seva deïtat.

La va ajudar a alliberar-lo, i després el va deixar caure, tan acuradament com va poder amb els braços ocupats, sobre una taula petita al costat de la porta.

"Espero que a ella no li importi escoltar", va dir, fent que Jehnna es posés vermell de nou, i després va deixar anar una rialleta.

Va entrar a l'habitació, va tancar la porta amb el peu darrere seu i finalment la va deixar caure a terra.

Ella immediatament va prendre la seva camisa, traient-la dels seus pantalons, i lliscant una mà sota d'ella per acariciar el seu estómac.

Ell la va empènyer cap endavant per fer-li un altre petó persistent mentre la seva mà lentament s'obria pas, sentint els cabells al pit.

Es van abraçar, el braç de Jehnna ara al voltant de la seva esquena mentre ell sostenia la seva estreta cintura, empenyent els malucs cap a les seves, pressionant la seva creixent erecció contra el seu cos.

Ella es va retirar una mica, després va fer servir les dues mans per aixecar-se la camisa, desbotant ràpidament la seva túnica.

Ell la va ajudar, llençant la roba en un munt sobre la catifa.

Ella va somriure, els seus ulls van vagar sobre el seu tors nu, i després van passar les seves petites mans sobre ell una altra vegada, sentint la forma i fermesa d'ell.

Si hi havia un avantatge de ser un aventurer, va reflexionar, era que mantenia el seu cos en bon estat físic més del que la majoria dels altres guerrers aconseguien.

Jehnna encara no es va moure cap al llit, pressionant el seu cos contra el d'ell per a un altre petó.

Encara estava completament vestida, la tela suau i vellutada contra la pell.

Aquest vestit ara era un obstacle, ocultant gairebé tot el cos de la seva vista.

Ell li va besar el coll, encara subjectant-la per la cintura, i li va rosegar l'orella.

Va moure les mans cap amunt des de la part baixa de la seva esquena, trobant els llaços que mantenien el vestit unit a la part posterior.

N'hi havia diversos, amb cordons estrets, però estava acostumat a aquest tipus de coses, desfent-se'n un per un, sentint el lleuger cotó de la seva combinació amb els dits sota el vestit verd.

Ell va moure els seus petons a la seva barbeta, i després de nou a aquests deliciosos llavis vermells, perdent-se en el moment en què va separar els llaços finals.

Ell no volia fer malbé el vestit, que semblava estar fet d'una tela valuosa, per la qual cosa se'n va apartar una altra vegada, sostenint-la amb els braços estesos per a una última mirada mentre estava completament vestida.

El seu cabell estava lleugerament desordenat ara, uns quants fils solts caient davant dels seus ulls, malgrat el colofó que subjectava la seva cua de cavall.

Ella respirava pesadament, tenia la boca oberta, els ulls fixos en els d'ell, com si no estigués segura de què fer a continuació, però, tanmateix, ansiosa per fer-ho.

Suaument, ell es va acostar a les seves espatlles, estirant del vestit cap a ells, permetent-li que alliberés els seus braços de les mànigues estretes, després lliscant-la pels seus costats per descansar sobre els malucs.

A sota, duia una simple combinació blanca, acabant lleugerament més baix dels genolls, i no mostrant gaire del seu escot.

Les mànigues eren curtes, poc més llargues que les espatlles, i ell va passar un dit per un braç, sentint la seva pell nua contra la seva.

Portava un penjoll de plata al voltant del seu coll, arraulit contra la corba superior dels pits.

Ho va reconèixer com una versió simplificada del símbol d'Ishtar i, després de l'assumpte del cinturó, va decidir no esmentar-s'ho.

La deessa del cor tenia fills.

Ella no podia ser ofesa pel mètode en què l'utilitzava.

Ella va recolzar els braços contra el seu pit, mentre ell lliscava les mans al llarg de la seva cintura una vegada més.

Ell es va moure cap amunt, el cotó de la combinació suau contra els seus palmells, i la calor del seu cos es va fer evident a través d'ell.

Va aconseguir els seus pits, fent-los fora a través de la tela.

Podia sentir els mugrons endurir-se sota el seu toc, i va aixecar la vista per veure-la enrojolar-se una vegada més.

La va atreure cap a ell una vegada més, i es van abraçar apassionadament, ella li va besar la cara i ell li va passar una mà pels cabells (la cua de cavall s'estava tornant més aspra en fer-ho) i l'altra al llarg de la seva esquena.

Tenia un cos molt petit, excepte per aquests pits ara aixafats contra el pit una vegada més.

Una dona jove, prima i atractiva.

Ell va lliscar el vestit que descansava sobre els seus malucs, deixant que caigués naturalment cap al pis.

Passaró sobre el vestit, movent-se per fi en direcció al llit.

Conan es va treure les sabates i deixant-la abans al llit.

Separant-se de nou, però aquesta vegada ella tombada i ell dempeus, Conan va mirar cap avall al seu cos mig nu, mentre els ulls d'ella es desviaven cap al seu estómac i després baixaven, cap a l'embalum sota els seus pantalons.

La combinació era més curta que el vestit llarg, però a causa de les botes llargues fins al panxell, només els genolls estaven exposats.

"Deixa'm veure el que la deessa té per oferir", va dir, aixecant el baix de la combinació sobre els malucs.

Tenia uns calaixos de cotó amplis, poc sexys i força prudents a sota, arribant fins a la meitat de la cuixa.

Recordant el que havia passat a la botiga, òbviament s'havia enganxat les faldilles per la quantitat de roba que duia a sota.

Bé, hi havia tanta roba interior perquè li seria còmode utilitzar-la allà.

Va dirigir un senyal amb el seu cap al seu, i ella va aixecar els braços, permetent-li passar la combinació sobre el seu cap, agafant la cua de cavall per un segon abans de llançar la roba al costat del seu vestit.

Ara ella només estava vestida amb els calaixos i les botes, i, havia d'admetre-ho, mereixia la pena observar-la una estona així vestida.

El seu cos tan jove era molt estret i prim com ho havia sentit en acariciar-la, les costelles clarament visibles als costats del pit.

La seva pell era pàl·lida i rosada, evidentment, en veure el sol poques vegades, i fresca i suau al tacte.

L'esveltesa de la cintura accentuava els pits ferms juvenils, que apuntaven cap amunt, molt alçats i ben arrodonits.

Els mugrons eren d'un color rosa pàl·lid, sobresortint ansiosament.

Va passar les mans sobre cada pit, sentint la seva frescor, i després va prémer el mugró dret entre dos dels seus dits.

El penjoll queia sobre el seu escot ara, i ell no va fer res per recordar-li la seva presència.

S'inclinà, besant la part superior llisa d'un pit, i després l'altre.

Ell es va moure per llepar els seus apetitosos mugrons, però abans que pogués fer-ho, ella es va inclinar, besant la base del seu estèrnum.

Es va quedar allà, sense moure's, gaudint de la sensació dels seus pits acariciant el seu estómac, però ella va començar a moure's cap avall, desenganxant el cordó dels seus calçons.

Gairebé amb pressa, ella els va baixar, perquè la seva polla sortís lliure.

Van romandre-hi per un moment, ell es preguntava què faria ella després.

"Suposo que aquest és el regal de la deessa per a mi?" Va preguntar, la seva veu suau, i lleugerament burleta.

Ella va aixecar la vista cap a ell, i ell va assentir en silenci.

"Llavors ho hauria d'adorar a l'altar", va respondre Jehnna.

Posant una mà suau a cada maluc, instant-ho a fer-ho, ella li va girar, fins que ell estava d'esquena al llit.

Es va treure els pantalons dels turmells i va obeir, estès nu d'esquena davant seu.

Els seus ulls estaven fixos en la seva erecció, mentre prenia unes quantes respiracions per calmar-se.

Després es va agenollar davant del llit, va inclinar el cap endavant i li va fer un tendre petó a la base de la polla.

Va mirar cap a ella, només podia veure el seu rostre des d'aquest angle, els pòmuls estrets, els cabells foscos, els ulls grans i verds i els sensuals llavis vermells.

En aquell moment, el fet que no pogués veure la resta no li importava ni gens ni mica.

Ella va separar els seus llavis, i va passar la seva llengua al llarg de la seva polla, provant les seves boles i després movent-se cap al cap de la polla.

Ell va deixar escapar un profund sospir, i es va aixecar sobre els seus colzes, observant el seu rostre.

Semblava insegura, però semblava que no necessitava cap consell sobre què fer tot seguit.

Ella va besar la seva polla, aixecant una mà per fer fora les seves boles, fent un massatge amb els seus dits suaus.

Després ella va retirar el seu prepuci, exposant el cap lluent i la va besar amb els seus llavis humits.

Inclinant-se més endavant, Jehnna va obrir la boca, enfonsant la seva polla a poc a poc.

Un gemec va escapar dels seus llavis, i ella va mirar cap a ell, fent-li pessigolles a les boles amb la mà.

Ella va lliscar la seva erecció cap a dins i cap a fora, passant la seva llengua sobre l'eix del polló, lubricant-lo mentre continuava burlant-se'n amb els dits.

Al principi, era lenta, però va començar a augmentar la velocitat, ocasionalment s'aturava per alliberar-ho i després l'empenyia de nou.

La cua de cavall dels seus cabells es balancejava contra la seva esquena, amb flocs solts de la seva cua caient sobre el seu estómac i malucs.

La seva mà lliure es va estirar per acariciar el flanc, sentint la duresa del seu estómac.

Els seus ulls verds es van fixar en els d'ell, la seva expressió incerta i una mica nerviosa, com si no estigués segura de si ho feia bé.

Però no hi havia tal dubte a la ment del guerrer.

Els seus llavis i boca eren dolços, suaus, i li estaven tornant boig; Conan sabia que no podria suportar gaire més d'aquestes carícies amb la llengua i la boca, i es va preguntar si ella li agradaria que ell es corregués dins de la boca.

La sensació d'això era intoxicant, juntament amb la poderosa sospita que mai no havia fet això en particular abans.

El seu propi alè estava dur i ràpid ara, mentre intentava evitar arribar al clímax massa aviat.

O volia tastar la seva llet?

Ell no podia estar segur.

Ella va fer un últim glop, empenyent la seva polla tan dins la seva boca com ella podia, després deixant-la anar, la seva saliva ara brillava al llarg de tota la seva longitud.

Ella va llepar un dit i li va somriure, amb les dents blanques.

Ella es va posar dreta, i la seva mirada es va moure primer als seus pits, i després a aquests llargs calçons que encara s'amagaven molt de la vista d'ell.

Òbviament ella havia tingut el mateix pensament, ja que, en un sol moviment, se'ls va baixar i es va llençar al llit amb ell.

La seva mata fosca era escassa, gairebé sense res de borrissol i ell podia veure unes gotes d'humitat entre les cames.

La mamada de la polla l'havia encès profundament, segons semblava.

Tant millor, va pensar, aixecant la mà cap a la barbeta i besant-la una vegada més, amb les seves llengües entrellaçades, el sabor de la seva polla encara a la boca.

Va estrènyer els pits, gaudint de la fermesa juvenil d'ells.

Aquesta vegada, ella li va permetre que la besés allà, succionant el mugró esquerre amb la seva llengua, fent massatges amb la seva llengua, i després obrint la boca per pressionar la major part del seu pit dins d'ell com va poder.

Ella va gemegar i es va recargolar sota ell mentre ell es movia cap a l'altre pit.

Ell li va deixar anar els pits i li va fer un petit petó al costat del penjoll religiós, desafiant-lo a respondre.

Ella va panteixar, com si s'hagués adonat sobtadament, però després simplement va agafar el cap entre les mans i el va besar apassionadament.

"Espero que a la deessa li agradi veure això, encara que no sigui la manera de fer nens" va dir Conan mentre conduïa el cap de Jehnna de nou cap al seu membre.

Jehnna el miro entre divertida i lascivament quan de nou va succionar la polla amb la boca i li tornava a passar la mà entre els ous.

Ara si estava segur que volia que s'acabarà dins de la boca.

Va sentir que la nova mamada que estava fent Jehnna, ja sense aturar-se, li faria acabar d'un moment a l'altre sense remei.

La succió de la seva boca cada cop era més ràpida i sense pausa i les carícies als ous cada vegada més divertides per a ella.

I ella no deixava de mirar-lo als ulls mentre se la xuclava el que l'encenia encara més.

Va sentir que la llet començava a pujar per l'eix del pollastre cap a la boca de Jehnna.

Ella també degué sentir-lo amb la mà als ous perquè va deixar de tocar-se'ls i es va concentrar a rebre la seva llet, subjectant la verga ara amb les dues mans i deixant de xuclar-la per obrir molt la boca i deixar que el semen caigués dins d'ella.

Ell va sentir com es buidava completament a la seva llengua, boca i part de la cara.

Es va fer enrere per veure com ella s'empassava el semen mentre una part de la llet li queia pels llavis i cara feia els bonics pits.

Ella s'estava llegint els llavis amb un somriure entre entremaliada i lasciva el que li va començar a encendre de nou.

Va notar com la seva polla tornava a posar-se-la dura de nou.

Així que va lliscar la mà entre les cames notant com la segona mamada havia fet que es posés encara més mullada que abans.

El seu conyet estava gairebé amarat de sucs i era càlid, acollidor i suau al seu toc.

Ella estava llesta, preparada per a l'acte final de la devoció.

Es va aixecar del llit, observant-lo rodar sobre l'esquena, la mirada lleugerament interrogant.

Es va adonar que ella encara tenia posada les botes, el suau cuir marró cobria la majoria dels seus panxells.

No importava.

Ell li va separar les cames i la va lliscar fins a la vora del llit.

Es va ajupir, i va passar un dit pel seu cony, separant els suaus llavis, veient la humitat rosada al seu interior.

Ella es va quedar sense alè, el seu cos tremolant, i ell va agafar les cuixes, aixecant les natges.

Les seves cames es van asseure a rialles sobre el pit, les botes sobre les espatlles, el cony obert davant seu.

Amb un moviment sobtat, ell va empènyer endins, fent-la cridar de plaer.

Una vegada i una altra va empènyer, sostenint les cuixes fortament contra el seu cos.

Ella va gemegar i panteixar, els seus malucs bombant en resposta a les seves envestides, els seus pits rebotaven cap enrere i cap endavant amb la força dels seus esforços.

Continuà, empenyent amb més força, començant a gemegar ara que els crits de Jehnna omplien l'habitació.

Els seus ulls estaven completament oberts, centrant-se en els seus, el seu pit agitat mentre mantenia el moviment, el penjoll jeia de banda ara, atrapat a la suor de la seva passió.

Amb una última empenta, va entrar amb força al seu cony, cridant el seu nom mentre la seva llavor calenta s'hi abocava.

Tot el seu cos es va convulsionar quan la seva vagina es va contreure, les onades del seu orgasme s'hi van acumular.

El regal més gran de Muriela a la humanitat.

CAPÍTOL VI
ZULA

"Es refereixen a una gran amenaça per a la ciutat", va dir Valeria, col·locant els vells pergamins sobre la taula.

S'havien reunit al menjador de la vila, a instàncies de l'elfa.

Conan de seguida es va adonar que tenia alguna cosa important a dir-los, cosa que havia trobat recentment en alguns documents antics.

Però per a ell semblava massa aviat per sortir en una altra expedició.

Tot just havien tornat de l'últim.

Alguns aventurers passaven tota la seva vida explorant antigues ruïnes, però aquesta no era manera de viure una vida.

Quin era el punt de guanyar tants diners i tresors si mai tens el temps necessari per gastar-los i gaudir-los?

Per descomptat, hi havia algunes persones que estaven totalment dedicades a lluitar contra el mal, que mai descansaven a la batalla, i això era admirable, però ell no era un guerrer sant.

Tot i això, estava segur que Valeria no els convocaria sense una bona raó, i estava disposat a escoltar el que ella havia de dir.

La feiticeira elfa era intel·ligent, una amiga lleial, i no algú que saltava a l'aventura imprudentment.

Si ella pensava que alguna cosa era important, probablement ho era.

I una amenaça per a la ciutat, ho havia d'admetre, sens dubte seria una cosa important.

I Valeria a més d'intel·ligent també era molt bonica, realment, i si ella hagués estat una altra persona diferent, hauria fet tot el possible per ficar-se al llit amb ella fa molt de temps.

Però hi havia regles tàcites que ell considerava prudent obeir.

Mai no s'havia ficat al llit amb un altre membre del grup, i mai no va tenir la intenció de fer-ho.

Això crearia massa complicacions, i fins i tot riscos, atesa la seva perillosa ocupació.

Hi havia moltes més dones al món i, a més, havia arribat a pensar en el grup gairebé com la seva pròpia família.

"Són un relat d'un grup d'aventurers, de fa centenars d'anys", estava explicant Valeria, "però, malauradament, estan incomplets. Hi ha alguns mapes, però no hi ha indicis d'on podrien estar exactament els llocs que s'hi mostren, més enllà del fet que estan sota terra, en algun lloc sota aquesta ciutat".

Conan va assentir amb el cap.

"la ciutat actual està construïda sobre les ruïnes d'una molt més antiga, és veritat. Però no queda gaire d'això, i res en absolut sobre el terra. No obstant això, atès el temps que Tarantia ha estat aquí, qualsevol cosa sota que hi hagués hagut ha estat completament explorada fa molt de temps".

"Potser és així", va respondre Valeria, "però i si alguna cosa es modifiqués en una data posterior? Les antigues ruïnes, com estan, han d'haver estat segellades. No sabríem gaire sobre elles. Per descomptat, això no és segur. És probable que hi hagi molt recorregut en el camí cap a l'objectiu, però això no significa necessàriament que no hi hagi res allà baix.I, certament, aquests vells aventurers van trobar alguna cosa.No és realment clar què és, excepte que sembla atraure monstres i tal com es indica, o això van creure, si es fes prou poderós, sorgiria de les profunditats i s'apoderaria de la ciutat.Pensaria que es refereixen a alguna cosa infernal, és el més probable, però amb els documents tan incomplets com estan, això és només una suposició.

"Però no es va apoderar de la ciutat", va assenyalar Zula, "o no estaríem aquí. Quin és el problema?"

"No, no ho va fer, perquè ho van detenir. Però, pel que puc dir, no ho van matar, simplement ho van segellar en alguna cosa, proteccions d'algun tipus per evitar la seva fuita. Això, des de la seva perspectiva, va ser més que suficient. Però els encanteris no duren per sempre, i el mag del grup semblava pensar que s'afeblirien després d'uns quants segles. El que ens porta al dia d'avui".

Yasimina, que certament s'estava animant amb això, es va inclinar cap endavant al seu seient.

"Creuen que l'amenaça podria estar activa de nou ara, o molt aviat?" Després es va aturar un moment, arrufant les celles lleugerament, "però per què no expliquen clarament això? Si jo tanqués un dimoni en una cripta sota la ciutat, i sabés que escaparia, encara que fos d'aquí a cinc-cents anys, m'asseguraria de deixar una advertència molt clara per a les generacions futures i no dir que hi ha un perill ocult en algun lloc del subsòl".

Valeria va sospirar: "Estic d'acord, i em temo que, una vegada més, l'incomplet dels documents fa que sigui difícil dir per què no ho van fer. Clarament, van patir moltes baixes, sembla que només dos van sobreviure, inclòs el autor d'aquest diari, però, tinc la impressió que poden haver estat expulsats de la ciutat, sense poder deixar cap tipus d'advertiment clar, excepte per això".

"Molt bé", va dir Yasimina, sobtadament assumint un paper de negocis, "assumim que creiem aquesta història. El curs d'acció obvi seria advertir les autoritats. Amb sort, ens contractarien per enfrontar l'amenaça, i tindríem molt més suport d'aquesta manera que si ho féssim sols.I, pel que puc veure, no hi ha cap raó òbvia per la qual hàgim de bregar amb això sols.És difícil pensar que pugui tractar-se d'una expedició típica.Però si ens ignoren, llavors haurem de pensar de un altre enfocament ".

"No podem fer això", va dir Valeria, sacsejant el cap, "aquesta cosa, sigui el que sigui, tenia la capacitat d'influir en les persones de tota la ciutat. Hi ha passatges escrits aquí que diuen que els aventurers corren un gran risc fins i tot quan són a dalt, a la ciutat, ja que els servidors de l'ésser sabien d'ells i van prendre mesures.És obvi que, en aquell moment, aquests servidors estaven fins i tot dins del govern de la ciutat. Ara, potser no és el cas, que això hagi succeït només aquesta vegada, o potser s'ha estès molt, i que encara continuïn servidors ocults a la ciutat, però no ho podem saber amb seguretat, així que crec que hauríem de mantenir això el més ocult possible fins que en sapiguem més. hem d'investigar això, i més aviat que tard, i com més petit sigui el nombre de persones que sàpiguen d'això, millor".

Yasimina es va recostar a la seva cadira una altra vegada, sumida en els seus pensaments.

Conan va decidir que era millor deixar-la pensar.

Ella era la líder del grup, almenys de manera tàcita, i ell respectava les decisions.

Per fi va parlar la paladí.

"Podríem investigar, com dius. Comencem per descobrir com ingressar al que hi ha sota la ciutat. Podem fer això sense que la gent s'assabenti del nostre veritable propòsit, segurament. Algú té algun suggeriment sobre on començar?"

"És possible", va dir Snagg, parlant per primera vegada, "jo sí..."

* * *

Va resultar que Zula no era necessària per a la primera part de la missió a la recerca d'informació.

Així que, tenint una tarda lliure per davant, i havent estat pensat abans en les coves i fonts termals de la ciutat, va decidir banyar-se.

Va deixar que Snagg i els altres planegessin el curs d'acció, ella es prendria una estona lliure per relaxar-se.

Va entrar a la seva habitació, tancant el pestell per a la seva privadesa.

Tan aviat com ho va fer, els records d'aquella nit de no fa gaire temps van tornar a omplir-la.

Yakin estava en un altre lloc de la vila en aquell moment, i aquella nit anterior tot el que ella havia pogut fer era espiar-ho.

No era com si hi hagués alguna possibilitat real d'obtenir-hi intimitat física; les seves respectives races eren una barrera tan gran com sempre, i res no havia canviat des de llavors.

De fet, esperava que ell mai sabés el que ella havia fet.

En molts sentits, va ser una traïció, i ni tan sols una que ella pogués començar a explicar a ningú, i menys a ell mateix.

Però, si res no havia canviat realment des de la perspectiva de Yakin, era diferent per a ella.

Ella ho havia imaginat sovint moltes vegades abans, del que podria passar si només ell fos un follet com ella.

Aquestes havien estat fantasies agradables, però les fantasies eren tot allò que eren, i allò que serien sempre.

Ella no havia sentit a parlar de màgia que pogués fer això, i fins i tot si fos possible, era difícil pensar perquè Yakin estaria disposat a patir la transformació.

Probablement li agradava ser un humà després de tot.

Però ara, des d'aquella nit, ella somiava més amb ell.

Era ridícul, de debò.

Així que ella ho havia vist nu?

Era realment tan diferent de com s'ho havia imaginat, que ara els seus pensaments haurien d'estar plens de desig?

Però això era el que havia passat.

La part que va intentar ignorar, pensava, mentre es treia les botes i ficava un peu a les càlides aigües del bany per comprovar la temperatura de l'aigua, era, com sempre havia estat, la incompatibilitat en mida.

A banda d'això, els humans i els follets semblaven el mateix.

Després de tot, era pel que ella ho desitjava.

Però, si Yakin tingués alguna cosa semblant a un follet, tenia una estatura gegantina des de la seva perspectiva.

Amb, com ella ja sabia, un penis totalment proporcional.

Podia imaginar-s'ho aturat allà, davant seu, com ell s'havia parat abans del bany aquella nit, desfent-se de les seves brides i la seva dura polla brotant lliurement cap a la cara.

Ella va sacsejar el cap, allunyant la imatge de la seva ment.

Només va servir per recordar-li l'abisme entre ells, i no serviria per aturar-s'hi.

Hi hauria d'haver un mirall al bany, va reflexionar, mentre es treia la túnica al cap i la col·locava sobre la taula auxiliar.

Però no n'hi havia, i ella havia d'imaginar-se ella mateixa com ell la veuria.

Ella es va passar les mans pels costats.

Era prou prima, amb un ventre pla i malucs femenins.

Segurament aleshores, ella no li semblaria gaire infantil?

Ella va fer fora els seus pits, sentint la forma d'ells.

Certament, no hi ha res semblant a una nena allà, encara que ella no podia dir que ella tenia un pit molt exuberant.

Per descomptat, ella no tenia idea del que Yakin preferia a les dones.

Si ell tenia núvia, ella no en sabia res.

Esperava que no en tingués, encara que aquest desig era alhora egoista i, en última instància, inútil; ella simplement no volia imaginar-s'ho amb algú més.

Ella va pessigar el mugró rosat, però després va retirar la mà.

Potser aquest no era el moment ni el lloc.

Ella havia posat el pestell a la porta, però els altres no eren lluny, discutint coses sobre les catacumbes sota la ciutat, sens dubte.

S'hauria de banyar i acabar amb això, i potser retirar-se al seu llit després.

Es va treure les robes que quedaven de manera professional, les va col·locar acuradament, va prendre una tovallola i es va aturar a la vora del bany.

Per descomptat, el bany de pedra era gran, destinat a humans, no a follets o nans.

Estava folrat de marbre, amb canonades a sota que connectaven amb les aigües termals, mantenint l'aigua calenta, encara que, afortunadament, mai no arribava a temperatures molt altes, i hi havia una mica d'encant per evitar això, va pensar.

Una lleixa de banda li permetria seure, en lloc d'haver d'usar el lloc com una petita piscina, ja que gairebé no podia ficar-se al llit al fons.

L'aigua va ondular, permetent un reflex distorsionat del cos.

No tan bo com un mirall, va tornar a pensar.

De qualsevol manera, tot el que va fer va ser portar pensaments de Yakin a la seva ment una vegada més.

Ella es va mirar a si mateixa.

Tenia bones cuixes, va pensar, ben formats en lloc de massa grossos o massa prims.

El seu ventre era estret i amb foscos pèls arrissats contra la pell pàl·lida dels malucs.

Ella era una dona, una dona adulta.

Però fins i tot si pogués veure-la nua, era així com hi pensaria, o com una estranya figura de canell?

Es va ficar a l'aigua, es va asseure a la cornisa, assaborint la calor i la humitat contra la seva pell, gaudint de la sensació.

Va recolzar el cap contra la vora de pedra, el nivell de l'aigua pujava just per sota de les espatlles.

Va aconseguir el sabó perfumat que estava sobre la tovallola, es va esquitxar amb l'aigua i va començar a fer escuma.

Al principi, va aconseguir ignorar els pensaments de Yakin, ajaguda a la mateixa piscina, fins i tot usant el mateix sabó, però mentre es movia cap avall per ensabonar els seus pits, els mugrons es van endurir involuntàriament, imaginant com se sentirien les seves mans com acariciant-la.

Maleïda sigui, això no la portava enlloc.

També podria cedir als pensaments, relaxant la seva tensió de l'única manera possible.

Volia alliberar-se, però no podia lliurar la seva ment de la distracció fins que ella ho hagués aconseguit.

Maleït Yakin, per què un home humà havia de ser tan maco?

Va tornar a posar el sabó a la tovallola i es va ficar les mans entre les cames.

Ella va sospirar, un lleu alè més enllà dels seus llavis.

Això es va sentir bé; això era el que necessitava.

Sota l'aigua, va lliscar un dit al seu cony, movent-lo cap amunt per fregar-se contra el clítoris.

Va tancar els ulls, imaginant Yakin davant seu, de la mida d'un follet.

Què faria, si fos un follet, i al bany amb ella?

Hauria d'estar dret a la part inferior, és clar.

I llavors, sí, la besaria i li fregaria els pits.

Va moure la mà lliure per sentir-ho, lliscant el mugró entre dos dels seus dits.

Després l'aixecaria, malucs amb malucs, amb les cames embolicades al voltant d'aquestes cuixes fermes, i la penetraria.

Ella va introduir el seu dit encara més profundament juntament amb els seus pensaments, lliscant-lo dins i fora a un ritme lent.

Ella va llepar els seus llavis, imaginant el sabor de la seva boca, com se sentiria el seu pit contra el d'ella, fingint que la calor del bany era la calor del cos.

Va mantenir els ulls tancats, no desitjant arruïnar la imatge amb un indici de l'habitació buida, i va continuar explorant el seu cony.

Seria suau i lent, la seva habitual manera de ser, considerada i tranquil·la, impulsant-ne l'èxtasi sempre.

Sent follet en les seves fantasies, ell podia fer això, però com a humà, mai.

Inesperadament, una imatge va saltar a la seva ment.

Yakin, en la seva mida real ara, doblegant-la, sostenint-la contra els malucs, prenent-la per darrere, els seus talons tamborejant sobre els seus genolls.

El pensament va ser sobtat, impactant, i ella es va preguntar breument de quina part de la seva ment provenia.

Sabia que part d'ella ho volia com un ésser humà, fins i tot ho volia dur, vençut per la luxúria, follant amb ella.

Va ficar un segon dit al seu cony, la seva respiració era més forta ara, i va recargolar un mugró amb la mà lliure, gaudint del lleuger dolor en fer-ho.

Sí, ella ho volia cardar!

Ella va intentar recuperar la imatge d'ell de mida follet, però la idea de la seva enorme polla erecta la va aclaparar, encara que mai no ho havia vist en aquest estat.

Què tan gran seria, es va preguntar breument?

Sis, set polzades?

I, bona deessa, què passaria amb el gruix?

Volia haver portat alguna cosa amb ella... alguna cosa amb una nansa, potser... alguna cosa, qualsevol cosa, amb què pogués provar la seva tolerància.

Però no ho havia fet, i si ho hagués fet, difícilment seria el mateix que la sensació d'una bona polla viva que la colpegés.

Es va mossegar el llavi, desitjant no cridar, els altres estaven a només una o dues habitacions de distància.

El seu cos es va arquejar contra la pedra, lliscant lleugerament sobre la lleixa, els malucs es van moure per reflex en contrapunt als seus dits que empenyien.

No li importava si Yakin era humà o follet ara, només volia la seva polla a dins.

Va considerar breument sortir del bany, trobant una superfície més seca i menys relliscosa per recolzar-se, però estava massa lluny perquè aquesta fos una opció ara.

L'aigua es va vessar contra les espatlles, i ella es va mossegar el llavi amb més força.

El seu clítoris estava en flames... en qualsevol... moment... ARA...

Ella es va convulsionar, deixant escapar un petit gemec involuntari quan la calor blanca se'n va apoderar.

Mentre ho feia, les seves natges, que ja es trobaven en una posició inestable al prestatge, van lliscar lliurement, ficant-la sota l'aigua mentre les seves cames es col·lapsaven sota d'ella.

Un moment després, va empènyer el cap cap a la superfície, agafant la cornisa amb la mà esquerra.

Va romandre així per un moment, panteixant, amb els ulls molt oberts en una brillantor postorgàsmica.

Per fi, es va treure el cabell mullat de la cara, fent-lo enrere i després esquitxant-se amb l'aigua de nou.

Zula va deixar escapar un llarg sospir de pura felicitat.

Això havia estat bo.

Molt bo ...

CAPÍTOL VII
CASSANDRA

Cassandra es va despertar quan el sol va començar a submergir-se al cel, llançant la seva llum taronja de l'ocàs a través de la finestra estreta al seu departament de golfes.

Havia dormit durant gran part del dia, cosa que no era estranya.

Ella s'estimava més la nit que el dia, ja que quan la llum del sol estava forta les coses que es podien fer eren massa visibles i això no li agradava.

I, a més, a la nit, ella podia veure millor que els humans, o fins i tot els elfs, permetent veure'l sense ser vista.

Això era pràctic, especialment tenint en compte les seves delicades accions triades per als tractes comercials, però també hi havia, va pensar, més bellesa a la nit.

Els cels de Tarantia sovint eren clars, un avantatge del seu entorn àrid, que permetia que les estrelles i les llunes brillessin intensament enmig de la foscor vellutada.

I la foscor era molt més bonica que la llum diürna.

La manera com les coses s'encongien a les ombres les feia d'alguna manera més netes, més pures, del que eren quan la llum del sol exposava la seva realitat.

La seva herència diabòlica també podria haver estat rellevant, és clar.

Va lliscar fora del llit, empenyent els fins llençols al seu lloc, i es va vestir ràpidament.

Ella no tenia una àmplia gamma de roba, només els recanvis suficients per assegurar-se que alguna sempre estigués neta i els seus gustos eren simples, i pràctics, suficients.

Potser si, algun dia, la seva feina la portés a una festa de classe alta ben vestida, podria haver de comprar un vestit car, però la idea no l'atreia.

Així que es va posar unes tires de cuir ajustades i un gegant amb una camisa sense mànigues de cotó.

La roba mostrava la seva figura, fent-la semblar més aviat formada i atractiva del que ella mateixa se n'adonava.

En els seus propis pensaments, les seves deformitats engendrades per l'infern eren tot allò que realment importava.

Després de posar-se les botes fins al panxell, es va aturar per mirar-se al mirall i es va afluixar els cabells endurits pel son per ocultar les seves banyes tan bé com va poder.

Amb ells ocults, es veia tan humana com sempre, amb una cara ovalada, pàl·lida i cabell castany fins a les espatlles amb un toc de castany vermellós.

Els seus ulls la delataven, però, perquè el seu to vermellós fosc no gaire natural era ben visible per a qualsevol que s'hi acostés.

Ella intentava no deixar que això passés molt sovint.

Satisfeta amb la seva aparença, es va ajustar el cinturó i es va posar la capa negra amb caputxa que era la seva millor protecció perquè no se la veiés amb claredat, i va sortir de l'habitació, col·locant el parany del dard verinós que sempre deixava al pany, per si de cas.

Només hi havia una escala estreta al replà, que conduïa a altres pisos fins al nivell del carrer.

Era una zona pobra de la ciutat, perquè li costava de viure en un lloc més saludable.

Un dia, potser, els diners que havia guanyat li permetrien un lloc millor, però hauria de ser molt privat, i ella sabia que mai no es podria permetre el tipus de discreció que Lady Gedren necessitava per viure com una comerciant elfa fosca en una ciutat humana

Aquest era sovint el camí amb els semidimonis.

Quan va abandonar l'edifici, el sol ja s'enfonsava a l'horitzó i ja començaven les ombres als carrers.

Havia après el que podia sobre els aventurers dels que Gedren volia que ella robés.

Prou per saber que enfrontar-los de cara no era una proposta assenyada, fins i tot si aquesta hagués estat la seva preferència.

No era sorprenent, ja que els aventurers estaven entre els oponents més mortífers.

Assumint que van sobreviure a les primeres poques expedicions, només amb això, ja haurien enfrontat més horrors dels que la majoria de les persones es trobarien en tota una vida, i vivien per explicar-ho.

Sense esmentar l'utill botí màgic que haurien aconseguit obtenir.

No, el combat directe no era cap opció.

Però ella ja ho sabia: ella simplement ho necessitava confirmar.

La següent pregunta era la seguretat de casa seva, com de fàcil o difícil seria introduir-se i sortir sense ser detectada.

Era desafortunat que no visquessin simplement fora d'una posada, com feien molts, sinó que eren massa intel·ligents i exitosos per això.

Així que aquesta nit ella aprendria el que pogués de la seva vila.

* * *

Es va mantenir a les ombres tant com va poder, cosa que es va fer més fàcil per la foscor de la nit.

La majoria de les persones al veïnat sabien prou per no comentar res sobre la seva habitual capa amb caputxa, i, a més per aquí, ella no era l'única persona que desitjava evitar l'atenció de totes maneres.

En general, no es feien gaires comentaris sobre els transeünts en aquesta part de la ciutat.

Tot i així, va lliscar pels carrerons tan aviat com va poder, recorrent enèrgicament passatges que li resultaven familiars des de la infància.

* * *

Ella els va veure amb molta antelació, és clar.

De fet, probablement ella els havia vist abans que ells l'hi haguessin vist.

Però ella els havia donat poca importància, només dos nouvinguts a la ciutat, perduts als carrers secundaris.

I clarament eren nouvinguts, pel seu estil de vestir, i encara amb la pols del viatge a la roba.

Estaven demacrats, una mica esquinçats, clarament havent caigut en temps difícils, com molts ho havien fet per aquí.

Potser estaven buscant una pensió barata, o fins i tot un pis protegit per passar-hi la nit.

Un d'ells sobtadament va aparèixer davant seu, bloquejant el seu camí.

Els seus ulls es van alçar amb molèstia, perquè ell era uns sis centímetres més alt que ella.

Ella va notar el seu cabell laci i el rostoll a la barbeta, les fosses nasals assaltades per una olor de suor i mugre barrejats amb un clar indici d'una mica d'alcohol.

Sostenia un ganivet en una mà, apuntant-lo cap a ella.

"Els teus diners, ara", va exigir, l'olor de l'alcohol fresc al seu alè.

"Crec que no", va dir ella amb calma, la mà ja es movia subreptíciament sota la seva capa.

Ell va sostenir la seva mirada, ja sigui massa borratxo o massa estúpid per interpretar la mirada als ulls, o notar el seu color antinatural.

O potser era massa fosc per a ells.

El seu amic ja estava fent voltes darrere seu, tallant la seva ruta d'escapament.

Molt malament per a ells.

"Oh, ho faràs", va dir, "i potser una mica més, eh?" Ell va riure, el seu somriure mostrant dents trencades i tacats.

La mà del seu ganivet encara sostinguda cap a ella, es va estirar per intentar agafar el pit amb l'altra.

La seva resposta va ser ràpida com un llamp, agafant la mà del seu ganivet amb la seva esquerra i girant-la amb força.

La seva pròpia mà dreta va sortir de sota la capa, enfonsant el ganivet sota el seu estèrnum, introduint-lo fins a l'empunyadura.

Es va quedar sense alè, però no va cridar, simplement emetent una ràfega de mal alè.

Es va tirar enrere, trontollant-se, amb els ulls oberts de sorpresa, i va mirar la taca que creixia ràpidament a la part davantera de la seva camisa.

Ella ja havia deixat anar el ganivet i es va girar per enfrontar l'altre atacant.

Aquest ni s'havia mogut, no havia fet res, aparentment tan congelat i commocionat com el seu company.

Va mirar el ganivet, encara degotant sang, i després cap a Cassandra, el seu rostre una màscara d'incomprensió.

L'idiota mereixia morir, va pensar ella.

Però en canvi, es va girar i va fugir, corrent cap a la nit tan ràpid com les cames podien portar-lo.

Ella ni es va molestar a perseguir-ho; ell no tindria amics aquí, i no tenia gaire sentit perdre la seva energia.

Darrere d'ella, es va sentir un soroll sord quan el primer home es va desplomar a terra.

Ella es va tornar per mirar, i el va veure panteixant com un peix fora de l'aigua, tractant de contenir el flux de sang mentre ell estava tirat a terra del carreró de terra.

S'estava morint, això era clar.

Però no prou ràpid.

Ella es va agenollar davant seu, observant per un segon o dos mentre ell intentava escapolir-se i tapar la seva ferida al mateix temps.

Ell la va mirar, suplicant-li, però ella simplement va utilitzar la seva daga de nou, tallant la gola.

El cap va caure cap a un costat i els seus ulls es van posar vidriosos.

Ella va netejar la seva espasa amb la roba, la va tornar a enfundar, després va fer un pas amb compte per evitar posar els peus al toll de sang, va caminar sobre el seu cadàver i va baixar pel carreró.

No podia perdre molt de temps amb això, després de tot, ella tenia assumptes per atendre.

* * *

La vila era el casal típic de dos pisos, amb dues llargues ales que s'estenien a cada costat d'un pati emmurallat.

Com molts altres edificis en aquesta part de la ciutat, el sostre tenia una part superior plana, encara que dues petites cúpules de coure eren a les cantonades on les ales s'unien a l'edifici principal.

Hauria d'anar amb compte, ja que no volia atreure gaire atenció a si mateixa en aquesta part més acomodada de la ciutat.

Deixar un cadàver aquí tendiria a atreure molta atenció, cosa que ella volia intentar evitar, després de tot.

Tot i això, aviat va poder confirmar que les finestres de la planta baixa tenien forts enreixats de ferro que els impedien que entrés alguna cosa que tingués més de dues o tres polzades d'amplada.

Tenien persianes també, que sens dubte serien tancades més tard a la nit.

Les parets eren escarpades, el que faria de grimpar per elles feia una finestra de la part superior o cap al sostre fos impossible sense un garfi... tot i així, una grapa era alguna cosa a considerar.

De més utilitat, però, seria una mica de coneixement sobre com el grup passava aquí els seus dies i nits.

Què tan probable era que la casa quedés buida, per exemple?

El millor de tot seria tenir una idea d'on guardaven el tresor quan no ho estaven usant.

Hi havia d'haver una volta en algun lloc, i òbviament seria preferible que ella no hagués de buscar a tota la vila per trobar-la.

Per descomptat, va pensar amb tristesa, qualsevol possibilitat que divulguessin informació sobre això era realment limitada.

La llum del llum del carrer s'escampava fora del pati i de la planta superior de la vila.

Moltes persones se'n van anar a dormir tan aviat com es va fer fosc, i el crepuscle ja estava aprofundint més enllà del punt perquè qualsevol humà llegís sense ajuda.

O fer alguna cosa més sense una font de llum, per al cas.

Però els aventurers seguien actius.

En el segon pas per les portes del recinte emmurallat, es va acostar tant com es va atrevir sense que fos gaire obvi, i va sentir el so d'una conversa des de l'interior.

Aleshores, almenys alguns eren ara al pati, no l'edifici.

I això li va donar una idea.

Va mirar al seu voltant els edificis veïns.

Igual que la pròpia vila, la majoria tenien dos pisos d'alçada, cosa que significava que des del segon pis s'hauria de veure per sobre de la paret del pati.

Els carrers s'estaven buidant, però, tot i així, Cassandra va ser curosa quan va lliscar pel carreró darrere del que semblava ser una casa normal.

La casa era a les fosques, aleshores, o ningú era a casa, o ja s'havien retirat al llit, i qualsevol dels dos casos seria adequat per als seus propòsits.

Mirant al seu voltant per assegurar-se que estava sola, va pujar a una finestra de la planta baixa, agafant la llinda que hi havia a sobre.

Movent-se en silenci, però amb confiança, es va incorporar a la paret.

Afortunadament, era prou recarregada perquè no fos una gran dificultat per enfilar-se algú amb experiència, a diferència de les parets llises de la pròpia vila.

Al primer pis, just quan arribava a la vora del sostre pla, es va quedar immòbil en escoltar sons des de dins.

El lloc podria no estar tan buit com ella havia pensat.

"Senyor Diablillo", va dir una veu de dona d'una manera òbviament falsa de nena, "No sé si hauria d'estar mullant-me aquí. Què passaria si poguessis veure certes coses?"

La manera com parlava li va fer a Cassandra la impressió que podria estar parlant amb un gat o una altra mascota, i el ridícul nom recolzava aquesta teoria.

Però, en canvi, la veu d'un home va respondre:

"Oh, però et prometo que no miraré res que no vulguis que no vegi".

"Per molt que no facis res dolent... seria massa excitant!"

Cassandra va deixar escapar l'alè quan tots dos van deixar de parlar, i van entrar al que presumiblement era un dormitori.

No semblaven anar al sostre, que era tot allò que importava.

Ella va pensar breument a triar una altra casa, però era una mica tard per a això.

Amb la parella segura fora de l'abast de l'oïda, va pujar a la part superior de l'edifici.

El sostre, com tants altres, era pla, amb un mur baix al seu voltant i una trapa per on baixaria a la pròpia casa.

Confiava que els habitants se n'haurien anat a la cantonada oposada de la casa i, amb sort, ara anaven a dormir, deixant-la fora de perill.

Amb sigil gairebé felí, es va moure a través del sostre i es va ficar al llit al costat que donava a la vila, mirant per sobre de la paret, que només tenia vuit polzades d'alçada.

Ella estava a les tenebres, i la vila estava il·luminada; era poc probable que la poguessin veure des d'allà, fins i tot si miraven exactament en la seva direcció, cosa que no tenien cap raó per fer.

Podia escoltar rialles des de baix, interrompent-se de tant en tant perquè la dona irritant fes algun comentari idiota o una altra cosa.

Esperava que callessin aviat, o, almenys, que la dona ho fes, perquè semblava ser la que més parlava, ja que, en aquest cas, fins i tot podria tenir l'oportunitat d'escoltar una conversa des de la vila.

Però havia d'escoltar amb atenció, i per això necessitava almenys una mica de silenci.

Els aventurers estaven clarament celebrant un sopar a l'aire lliure.

Tenien una gran taula col·locada al pati, amb cadires al voltant, i nombroses llanternes penjaven al voltant de les parets.

Òbviament havien acabat de menjar, i mentre ella mirava, un jove servent estava retirant els plats.

Ell podria ser un problema; era probable que estigués a la vila fins i tot quan ells eren lluny.

Per descomptat, a ella no li seria gaire difícil bregar amb això si hagués de lluitar contra ell, però això seria complicar les coses, i preferiria evitar-ho si pogués.

Després de tot, a ella no li agradava deixar un rastre de cossos darrere seu, encara que de vegades fos necessari.

Hi havia més persones al pati de les quals ella sabia constava el grup, cosa que suggeria que tenien convidats.

A tres dels aventurers ella els va identificar immediatament.

El nan devia ser Snagg, i Zula la dona follet.

El guapo de cabell fosc i barba curta era segurament Conan, ia més ell era l'únic que, a més de Snagg, no portava alguna mena d'uniforme.

Els altres, però, eren menys fàcils de precisar.

Ella també estava buscant, pel que sabia, una feiticeira élfica i una paladí humana, ambdues dones.

Amb mala sort, però, les sis persones restants al voltant de la taula incloïen quatre dones, dues elfes i dues humanes, mentre que els altres dos convidats eren homes.

Als homes ella ja els podria descartar de totes maneres, primer per ser homes, i segon perquè tots dos estaven vestits amb els uniformes de l'Església de Ymir, el déu de l'honor, un cavaller i l'altre clergue.

Havien de ser amics de Lady Yasimina, la paladí i líder del grup, i ella sabia que no vivien aquí, de manera que no eren una preocupació immediata.

Les dues dones humanes eren de pèl clar i vestien elegants vestits.

Una havia de ser la mateixa Lady Yasimina, però, de moment, no sabia quina era quina.

Una de les elfes tenia un llarg cabell ros, i l'altre el portava tallat a prop del clatell, però ella no tenia una descripció prou precisa de Valeria perquè això l'ajudés.

Tampoc la seva roba ajudava, ja que qualsevol de les dues podia haver estat una feiticeira...

¿Valeria estaria vestida amb una vestimenta tradicional per als elfs o un simple vestit blanc en el més pur estil humà?

No hi havia manera de saber-ho.

"Oooh, Senyor Diable!" —va cridar la dona des de baix, òbviament en estat de xoc fingit. "Pots veure els meus piquers! Quins diables fem?"

Cassandra va prémer el puny, desitjant que la dona ridícula simplement callés i acabés d'una vegada.

A banda de la ximpleria que estava parlant, només la seva veu era molesta i penetrant, un crit perpetu i agut.

Qualsevol que fos 'Senyor Diablillo', l'home tenia molt mal gust per a les dones.

Va intentar enfocar-se novament en el grup a l'altra banda del carrer, però amb el soroll de la casa sota seu era impossible escoltar res del que deien.

El criat s'havia quedat a la cantonada del pati, fora del cercle, com esperant instruccions addicionals, però els altres estaven bevent vi i xerrant entre ells.

Era una nit clara, amb un cel sense núvols... segurament ella podria haver-los escoltat si no fos per les interrupcions de la planta baixa.

"Oooh, no m'has de tocar allà, això seria molt dolent!"

L'home, que havia estat en gran mesura en silenci fins a aquest punt, va interrompre amb la seva pròpia interjecció.

"Nena Gateta, xucla la meva polla!"

Gràcies a Déu, va pensar Cassandra, ja que aquesta acció finalment silenciava la dona.

Potser l'home s'havia avorrit tant de la xerrameca com ella ho estava, i havia pensat en una manera efectiva de callar-la.

Amb els sons de baix, almenys temporalment silenciats, va ser possible, com ella va sospitar, escoltar fragments de la conversa del grup.

Aviat es va fer evident que els convidats no eren aventurers, sinó que tres estaven associats amb el temple de Ymir.

Com que això incloïa la dona elfa amb el vestit blanc, l'altra elfa havia de ser Valeria.

També era obvi que Conan estava coquetejant amb l'elfa de pèl curt, encara que Cassandra sentia pel llenguatge corporal que les coses no s'havien acostat gaire entre ells.

Tot i així, si ell tingués una debilitat per les dones, això podria ser una cosa que ella pogués utilitzar.

Com que els aventurers actualment estaven descrivint les seves últimes gestes, aviat va quedar clar quina de les dones humanes era Yasimina.

No hi havia cap pista real pel que fa a la identitat de l'altra, que no semblava estar parlant gaire i, de vegades, semblava una mica incòmoda.

Tot i això, el més important és que Cassandra esperava poder obtenir alguna pista sobre el seu tresor a partir de la història de com l'havien trobat.

Clarament, hi havia una mena de tomba subterrània profunda involucrada, a les terres salvatges del nord.

El lloc perfecte, va suposar, per trobar algun objecte de màgia negra que s'ajustés a la descripció de Lady Gedren.

Si ella pogués escoltar una mica més, llavors ...

"El meu Senyor Diablillo em farà el mateix ara? Estic segura que ho farà! Ja que jo em vaig posar una mica d'humitat entre les meves cuixetes, el meu Senyor Diablillo pot pensar en alguna cosa a fer perquè em senti millor?"

Cassandra va estrènyer les dents i va resistir la temptació de colpejar el seu cap contra la paret.

O, encara millor, baixar les escales i matar la idiota.

Si no fos pel fet que un assassinat atrauria massa atenció, no estava segura d'haver tingut la força per evitar fer-ho.

Els veïns del costat podrien fins i tot donar-li les gràcies.

"Oh, merda, sí", va dir la veu de l'home, seguida d'un llarg xiscle d'alegria de la dona.

Si ella havia estat parlant abans, ara encara era pitjor.

La seva aguda veu nasal, que semblava que hauria d'haver trencat vidres, alternava i cridava com una mena d'animal torturat, entre exhortacions ocasionals a l'amant i el so d'una bufetada vigorosa.

Cassandra es va preguntar, a jutjar pels sons, si ell també l'estava assotant, encara que ella hagués pensat que l'escanyament hagués estat una millor opció.

El semidemònia va sostenir el seu cap a les mans i va mirar els altres edificis propers.

Seria difícil arribar-hi, però valdria la pena.

Encara que, en estar més lluny de la vila, potser no ajudi gaire.

Quant de temps es mantindran així aquests dos idiotes?

Per fi, just quan estava començant a pensar en maneres de matar-los que poguessin evitar causar una atenció no desitjada, l'home va deixar escapar un fort gemec, i la parella va caure en un silenci feliç.

Cassandra es va treure les mans de les orelles i va tornar a mirar pel balcó.

Per mala sort, els convidats semblaven marxar.

Qualsevol informació més que pogués haver obtingut ja se n'havia anat per sempre.

Volia copejar el sostre amb frustració, però això hauria fet un soroll, alertant l'ara silenciosa parella de baix.

No n'hi havia, sospitava, només aprendre.

Així que, tan ràpidament i silenciosament com va poder, es va escapolir de nou cap a la paret del fons per baixar de nou.

Com més aviat sortís d'aquí, millor.

Mentre s'ajupia, va escoltar la veu penetrant per última vegada.

"Oooh, diables, ho fem una altra vegada...?"

CAPÍTOL VIII
ADRIANA

Els nans havien estat a Tarantia el temps suficient per haver construït el seu propi barri a la ciutat.

Tot i haver viscut a la ciutat tota la seva vida, era una àrea on Conan poques vegades havia estat.

A diferència dels elfs, els nans poques vegades feien màgia, i l'esperit unit i prudent de la seva cultura li donava poques raons per visitar-los.

De fet, Lady Yasimina probablement estava més familiaritzada amb el districte que ell, a causa dels seus armers de qualitat.

I amb ells hi havia Snagg, és clar.

Mirant al seu voltant els edificis de blocs amb les petites finestres, gairebé es va preguntar per què s'havia ofert voluntari per venir.

Però si haguessin d'obtenir plans de les ruïnes sota la ciutat, el seu coneixement de la història antiga de Tarantia podria ajudar, juntament amb la sensació natural de Snagg per a l'arquitectura i la pedra.

Tot i això, també sentia que els nans eren persones amables, encara que lluny de la naturalesa despreocupada i amant de la diversió dels elfs, o fins i tot, en certa mesura, dels follets.

Era la naturalesa de la seva cultura: eren mestres artesans, dedicant tot el seu temps a un treball dedicat a millorar el seu art, sense deixar temps per a l'alegria.

Lady Yasimina estava obrint el camí mentre caminaven pels carrers nans, disposats en una quadrícula quadrada, tan regular i monòtona com els edificis al seu voltant.

Com a paladí, probablement va aprovar l'aportació dels nans, i fins i tot Conan va haver d'admetre que eren persones honorables i valentes.

Snagg havia salvat la seva vida més d'una vegada.

La nit anterior, Yasimina havia convidat alguns amics seus del temple de Ymir per a una agradable vetllada de menjar i conversa al pati.

No havien discutit l'amenaça aparent per a la ciutat, però els del Temple eren potencials aliats si mai els necessitaven.

Valeria també havia portat una amiga, anomenada Onna, però ell sabia prou sobre les dones per dir que ella no se sentia atreta per ell.

No obstant això, amb un interès més immediat, almenys des del punt de vista de Conan, la jove escudera elfa del Temple havia estat molt bonica, fins i tot vestida al blanc llis del seu ordre.

Era una pena que, com a dona que feia els primers passos en el camí cap al paladí, s'havia resistit als seus intents de coquetejar amb ella.

Almenys ella no semblava ofesa, i l'esperança que un dia acabés entre els llençols amb ella no era, va pensar, completament desgavellada.

Però no és que hi hagués alguna possibilitat aquí, va reflexionar.

Fins i tot les dones nanes que no eren tan prudents, gairebé no s'acostaven a la seva imatge d'una companya de llit ideal.

* * *

El seu destí, quan van arribar, era, havia d'admetre-ho, força diferent dels edificis insulsos que l'envoltaven.

Era més alt, amb diferència, amb portes d'una alçada convenientment humana.

Contramarcs ornamentats flanquejaven les parets, amb finestres arquejades de vitralls que representen imatges de castells i torres, encluses i martells.

Un escut d'armes estava sobre l'entrada principal, tallat en pedra amb una cura exquisida.

Quan els nans volien mostrar la seva habilitat, certament podien.

Per això hi havia el Gremi de maçons de Tarantia, una professió dominada per nans, encara que també amb alguns follets i humans.

Aquí, esperaven trobar les respostes que buscaven amb l'ajuda d'alguns dels contactes de Snagg.

El guerrer nan, com Conan sabia, no era nadiu de la ciutat, havent vingut de les muntanyes al sud.

Havia vingut aquí a buscar fortuna i, com a part de la banda d'aventurers, ell l'havia trobada, en general.

Però, tot i així, havia establert alguns vincles amb els vilatans, malgrat els seus diferents clans, aparentment un aspecte important de la cultura nana, per la qual cosa ell entenia.

Tots tres van pujar els graons i van creuar les portes que donaven al vestíbul.

L'edifici havia estat clarament construït pensant en els humans, però mostrava un ambient nan inconfusible.

El pis del vestíbul era de marbre polit, revestit per columnes que s'enlairaven fins a un sostre adornat amb forma de caverna.

Talles de pedra s'alineaven a les parets, mostrant les diverses etapes de construcció d'un gran edifici, i les baranes de l'escala del pis superior estaven revestides amb metall brillant.

Un nan que portava una mena de llibrea grisa es va acostar al grup i va parlar breument amb Snagg, abans de desaparèixer dins de l'edifici.

El trio va esperar cortesament, mirant l'art exhibit pels constructors, fins que el nan de llibrea va tornar amb una altra persona i va reprendre el lloc al costat de la porta de nou.

El nouvingut era un altre nan, òbviament, un home força jove, amb un cabell castany i gruixut i una barba relativament curta.

Estava vestit amb sòlids tons terra, amb les pesades botes afavorides per la raça i uns pocs anells d'or i plata als dits.

Evidentment, era un artesà pròsper, encara que probablement massa jove per tenir el seu propi negoci encara.

"Snagg!" va dir, estrenyent formalment la mà del guerrer, "és bo veure't de nou. Has de presentar-me als teus companys".

"Rimir, aquests són els meus companys; Lady Yasimina i Conan, un mag. Yasimina, Conan, aquest és Rimir, un cap artesà del Clan de Bardalf".

El guerrer no va poder evitar notar la formalitat del fraseig, encara que no va ser gaire llarg i florit.

Hi havia un clar protocol aquí, però almenys no ens van avorrir amb ell.

"Tenim un assumpte comercial per discutir, alguna informació que pugui haver de que potser ens pugui ajudar".

"Per descomptat", va contestar el nan més jove, "el meu pare i jo estàvem duent a terme un negoci propi, però està gairebé complet, i vostès es poden unir a nosaltres. Després podem parlar sobre el seu propi assumpte". Ell va somriure, clarament un paio amistós i obert per a la seva carrera, i va obrir el camí cap a la porta de la qual havia sortit.

A l'altra banda de la porta hi havia un passadís amb diverses sales al voltant, sales de reunions aparentment per als artesans i els seus clients estiguessin tranquils.

Van entrar a una de les habitacions que, com la resta de l'edifici, tenien parets de pedra tallada amb frisos, en lloc de tapissos o panells de fusta.

Hi havia diverses cadires, algunes adequades per a humans i altres per a nans, i una llarga taula amb alguns pergamins.

Un vitrall amb una imatge d'un pont permetia una llum abundant a l'habitació.

A un costat de la taula, davant de la finestra, hi havia un nan més vell, amb els cabells canosos, una llarga barba trenada i un gruixut braçalet platejat i una sivella de cinturó adornada amb un peó que indicava el seu alt estatus.

Hi havia una nana jove al seu costat i en deixar de mirar l'altra nana, els ulls de Conan es van dirigir immediatament a la tercera persona a l'habitació, evidentment el client de l'artesà.

Semblava que tenia uns trenta anys i era una dona humana amb un vestit llarg de color blau fosc i verd.

Va calcular que era d'una altura lleugerament superior a la mitjana per al cas dels humans, cosa que la feia elevar molt sobre els nans de l'habitació.

Tenia un llarg cabell ros sorrenc, lligat a una cua de cavall que s'estenia fins a la meitat de la seva esquena, i una cara esvelta amb llavis vermells i ulls blaus.

La seva pell era pàl·lida i d'aspecte suau, amb algunes pigues pàl·lides disperses als seus pòmuls.

Estava inclinada sobre la taula quan ells van arribar, recollint alguns dels pergamins, encara que el tall alt del seu vestit no li permetia veure res més que el contorn dels pits i la corba dels malucs.

Va aixecar la vista quan van entrar, la seva mirada aparentment no era més que simple curiositat.

"Saluts", va dir el nan més vell, dret rígid, "Sóc Othan das Bardalf, mestre paleta i arquitecte. Aquesta", va indicar a la nana restant, "és la meva filla Astrid, i aquest és la comerciant Adriana, amb qui tenim un negoci entre mans."

Snagg va presentar els seus companys per segona vegada, i després Yasimina es va avançar, estrenyent breument la mà d'Othan i mantenint la seva pròpia postura formal.

"Som aventurers, mestre paleta, que recuperem els tresors perduts de les catacumbes ocultes. Sol·licitem la seva ajuda en una qüestió de coneixement arquitectònic i ens inclinem davant de la seva experiència".

Conan va pensar que tot era una mica exagerat, però Othan semblava impressionat.

Pel que sembla, s'havien observat les formalitats correctes.

"Si us plau, uniu-vos a nosaltres", va dir, indicant les cadires al costat oposat de la taula.

Davant la menció dels aventurers, els ulls d'Adriana van semblar eixamplar-se una mica, i va mirar el grúp, com a curiosa, els seus ulls descansant a Snagg primer, i després al guerrer.

Feia la impressió que es creia que s'hi quedaven una mica més del temps necessari, i ella semblava una mica acalorada.

Després de tot potser podia haver-hi alguna cosa per guanyar amb aquesta visita, més enllà d'una mica...

"Hi ha..." Adriana va començar, aturant-se lleugerament com si no sabés què dir, "només una cosa que necessito aclarir, però no molestaré. Els importa si em quedo un moment?" Va mirar d'Othan a Yasimina, però va ser Conan qui va respondre primer.

"En absolut", va dir, "no trigarem a acabar".

Yasimina li va llançar una mirada perplexa, fins que de sobte es va adonar de quina devia ser la seva raó.

El seu rostre es va contreure una mica, però no va dir res, mirant el mestre paleta.

Quan ell també va donar el seu consentiment, la mercader humana va retirar una cadira de la taula i la va moure cap a la paret més allunyada, darrere dels nans, on ella podia veure els aventurers, però no semblava ser directament part de la discussió.

Tots es van asseure, tres a cada costat de la taula.

Adriana estava asseguda a prop de la finestra, una mica a l'ombra, però els ulls del guerrer van passar ràpidament cap a ella sobre els caps dels nans.

Afortunadament, la Yasimina semblava tenir tota la seva atenció en els negocis, però sospitava que no aprovarien cap flirteig en aquest cas.

De fet, no estava segur de com funcionaria el seguici amb els nans, encara que sospitava que faria força temps.

"Estem interessats en la història passada de la ciutat i la seva arquitectura antiga", va començar Yasimina, "en particular, les ruïnes subterrànies. Esperàvem poder aconseguir aquí algun tipus d'informació sobre elles... com a curiositats històriques, o com evitar construir per sobre d'elles, pot ser que tinguen alguna informació d'aquest tipus?

"Tenim cert coneixement, per descomptat", va dir Othan, "però aquesta no és informació que normalment compartim amb forasters i menys humans. Aquesta no només és una informació del gremi, en part, sinó també una qüestió de clan... aquest tipus de coneixement és difícil d'obtenir, i no és fàcilment cedit als nostres rivals".

Conan va pensar que estava sent una mica evasiu.

Potser tenien alguna idea de l'amenaça que tenien les ruïnes subterrànies, o almenys un indici que hi podria haver alguna cosa dolenta allà, alguna cosa que no volien comentar amb ningú?

Era possible, si més no, però Yasimina era la negociadora del grup.

Ella i Snagg junts haurien de poder obtenir el que necessitaven dels paletes nans.

Si algú ho podia fer eren ells.

I així, llavors es va trobar amb la seva ment divagant una mica, òbviament sobre el tema de la comerciant humana.

Adriana certament es veia una mica acalorada.

En realitat, no semblava estar prestant gaire atenció a la conversa, sinó que semblava estar molt concentrada en els seus pensaments.

Va tornar a mirar els aventurers, i el guerrer estava força segur que se la veia excitada ara, ja que els seus ulls es van eixamplar involuntàriament, i tenia les mans juntes, com per evitar revelar el seu interès.

Per a Conan, però, era força obvi.

Els seus ulls es van posar als seus per un moment, i ell la va mirar als ulls, abans d'escombrar-los deliberadament per admirar tot el que es podia veure del seu cos darrere la taula.

Era prima, amb pits grans i elevats i un coll llarg.

Era difícil dir-ho a aquesta distància, però ell va creure veure unes quantes gotes de transpiració al front, sota el seu curt cabell.

Els seus ulls estaven molt oberts i les celles enarcades, i ell estava segur que ella ho estava avaluant tant com ell ho feia.

Després va mirar cap a un costat, cap a Snagg, potser per veure si els altres dos havien notat el seu interès, però semblava que no, perquè aviat va tornar a mirar cap a Conan, amb una expressió ara astuta.

Se sentia segur que ella estava planejant ara una forma d'estar junts... només havia de trobar una manera de donar-li l'oportunitat, sense que els nans se sentissin ofesos pel que estava passant davant dels seus nassos.

Sostenint la seva mirada, ella va separar els seus llavis i es va passar la llengua al voltant d'ells, donant-li una mirada clara de "veuen aquí".

Ara confiava que no havia llegit malament cap dels signes, no, estava segur de no haver-ho fet, ja que havia tingut moltes possibilitats de fer-ho, i perquè podia llegir bé les dones.

Ell li va somriure, esperant que ella entengués la seva acceptació, i va tornar la seva atenció a la conversa.

Podria, després de tot, ser important.

"Sota aquestes les circumstàncies..." estava dient Othan, "hi ha alguns detalls que podríem brindar-los, però no aquí. Demà a la nit, ja que Rimir i jo hem d'anar a un lloc abans. Astrid hauria de manejar-ho per a vostès. Però han d'entendre que aquesta és informació nana, i només la podem donar a Snagg. Confiem en el teu criteri, amic meu", va afegir, tornant-se cap al guerrer nan," però has de decidir com compartir això, ja que, si és per a tu, no estem trencant cap enllaç, però ha de ser per a tu, i només per a tu. Confio que ho entenguis..."

Abans que pogués respondre, Conan es va sorprendre ja que Adriana es va aixecar de sobte.

"M'he adonat que he d'anar-me'n", va dir, "lamento molt la interrupció, però, en qualsevol cas, no m'hauria de ficar més. Si pogués parlar una mica amb Astrid abans d'anar-me'n?"

Othan semblava lleugerament irritat, però va fer un gest a la seva filla, i ella es va aixecar i va caminar cap al racó més allunyat, on va xiuxiuejar amb Adriana durant una estona, més enllà de l'oïda del guerrer.

No havia prestat gaire atenció a la dona nana fins ara, ja que ella no havia parlat ni una sola vegada durant la conversa amb la Yasimina, o, per descomptat, des que ell havia entrat a l'habitació.

Semblava jove, encara que no era prou segur el que significava això per a un nan.

Portava un vestit blau grisenc amb una vora faldilla que gairebé s'arrossegava per terra.

El seu collaret gruixut de plata i or, i el braçalet al voltant del canell esquerre, eren clarament el producte d'una artesania nana molt experta.

Era rossa, amb els cabells en trenes i tenia la pell pàl·lida tan típica de la seva raça.

Sense tenir en compte la seva constitució robusta i els seus braços i cames més aviat gruixuts, ell suposava que ella podria ser considerada força atractiva, i potser els homes nans pensaven que era així.

Se li va acudir que Snagg estaria sola en una casa amb ella aquesta nit, i amb la seva família lluny.

Si hagués estat ell, i si ella hagués estat humana o ellfica, estava segur de com acabaria aquesta nit.

Però tal com estaven les coses, no podia imaginar que alguna cosa passés en absolut.

Els nans, sospitava, perdien fins i tot oportunitats d'or com aquesta, i probablement aquesta era la raó per la qual Othan no semblava preocupat per la perspectiva.

Estava més preocupat de l'assumpte que Adriana estava a punt d'anar-se'n sense donar-li cap mitjà de contacte amb ella de nou, però després es va adonar que tot el que li estava dient a l'Astrid estava fent que la nana es posava vermella, i mirés a la seva família, que sortosament estava mirant a un altre costat en aquell moment, ja que havien tornat a conversar amb Snagg.

Probablement, va pensar, tampoc no calia gaire perquè es posés vermell un nan, però quan va veure que la comerciant li lliurava un tros de pergamí a Astrid i mirant al seu torn el mateix Conan, ell ja estava segur del que ella li havia dit.

Fins i tot la dona nana, segons sembla, va ser capaç d'interpretar el propòsit darrere de la nota, ja que va veure com es va sentir avergonyida només acceptant-ho.

A la seva cultura, simplement no es feien les coses així.

Després d'això, Adriana se'n va anar, tancant la porta darrere seu i tornant a la sala del clan.

Astrid es va dirigir novament a la taula, amb la nota agafada amb una mà darrere de la seva esquena, on els altres no podien veure-la, mentre els seus ulls estaven capcots i semblaven encara més reservats que abans.

El que hauria dit Snagg sembla que s'havia trobat amb l'aprovació del nan gran, ja que s'estaven estrenyent la mà, i la conversa havia derivat cap a assumptes més socials.

El nan guerrer òbviament coneixia la família, i ara que el negoci havia acabat, en volia parlar.

Sense res més que el distragués ara, Conan es va veure obligat a escoltar el que a ell li semblaven terriblement tediosos relats de clans nans i els seus assumptes, però va suposar que el nan guerrer tenia molt poques oportunitats de conversar amb gent de la seva pròpia classe, per cosa que no li va molestar que ara que tenia una oportunitat de fer-ho, ho fes.

Eventualment, tots es van aixecar.

Els nans ara semblaven més amigables i menys formals que abans.

Potser serien aliats útils, després de tot.

Quan se'n van anar, Astrid precipitadament va pressionar el tros de pergamí a la mà, mirant al seu voltant per assegurar-se que no l'havien vist.

Després que se'n va anar, va desplegar la nota i la va llegir.

Era la direcció d'una casa a la part humana de la ciutat, i amb data de demà apuntada.

* * *

Snagg va arribar a la casa del mestre paleta poc després del capvespre.

Per a ell passejar pels carrers ordenats del barri dels nans era molt més fàcil que pels carrerons sinuosos de la resta de Tarantia, recordant una mica a la gran ciutat subterrània de la seva terra natal.

No li havia sorprès que Othan només hagués acceptat lliurar els plans a un company nan.

Hi havia moltes coses que no havien de ser compartides amb forasters.

Però, si hi hagués una amenaça aquí, hauria de bregar amb ella, sense importar-ne el cost.

Sabia que el viatge seria ràpid.

Només havia de recollir els documents que havien preparat, i després anar-se'n.

Conan, per contra, havia sortit amb un somriure tranquil a la cara, i no tornaria abans de l'alba.

Tota la preocupació humana i dels elfs per tals coses li semblava una mica impròpia per a ell, i era bo estar entre les persones que sabien que no havien de parlar d'aquests assumptes.

Astrid, afortunadament, ho entendria.

Probablement, Conan ja tenia aquella mena de pensaments bruts sobre el que podria passar a la casa del mestre paleta aquesta nit, però, si fos així, difícilment podria estar més equivocat.

Astrid era, sens dubte, força atractiva, però ella era una mica jove per a ell, i, de tota manera, hauria hagut de fer molts arranjaments per part seva si ell hagués volgut festejar-la.

Els nans, a diferència dels humans o els elfs, simplement no actuaven així, i era un signe de confiança que Othan i Rimir ni tan sols s'havien molestat a preocupar-se per aquestes coses.

El fet que dues persones del sexe oposat estiguessin juntes al mateix edifici no significava necessàriament que tractessin de... bé, procrear.

La casa tenia l'aspecte típic de la majoria de les altres que eren a prop, però l'ull expert de Snagg podia destriar la qualitat més alta de la pedra, com corresponia a un nan de l'estatus i la professió d'Othan.

També era una mica més gran, amb un sostre de pissarra inclinat, un signe de la riquesa de la família de comerciants.

Va trucar a la porta i es va preparar per anunciar el seu nom i propòsit quan Astrid va obrir la porta.

Només que, no era Astrid; era Adriana.

Snagg estava desconcertat, i immediatament alerta.

No hauria d'estar amb Conan ara?

O havia malinterpretat allò que el guerrer estava fent aquesta nit?

Semblava poc probable, coneixent-ho, però, per descomptat, sempre existia la possibilitat que hagués conegut algú més per altra banda.

Adriana era òbviament una amiga de confiança del clan Bardalf, i d'Othan en particular, i, de fet, fins i tot havia sentit el seu nom abans.

Era una comerciant que sovint treballava amb nans, ajudant a vendre els seus productes al mercat humà, especialment més enllà de Tarantia.

Així que, pel que ell sabia, podia confiar-hi.

No obstant això, la seva presència aquí era estranya, per dir com a mínim, i ell s'havia adonat que ella havia passat un temps avaluant els aventurers quan ells van arribar.

Conan podria haver pensat que només l'estava mirant a ell, amb la seva ment de vegades amb un sol pensament, però Snagg també s'havia trobat sota la seva mirada.

Què volia ella realment?

"Snagg", va dir, "entra. Acabàvem d'acabar de menjar. M'encanta la cuina nana. Per cert, tots els documents estan preparats per a tu a la planta baixa. O això m'han dit, pel que sembla, no se'm permet veure'ls!

Semblava plausible, però d'alguna manera les paraules no semblaven del tot certes.

Ella estava amagant alguna cosa, però què?

Solament portava una daga, ja que no servia per vagar pels carrers de la ciutat amb armadura completa i armes, però era una gran, i era competent en el seu ús.

Va subratllar subreptíciament la seva mà cap a ella, llest per agafar-la si era necessari, però no obstant va entrar a la casa.

Estaven envoltats per companys nans, i aquesta hauria de ser una part segura de la ciutat... però alguna cosa estranya estava succeint, una cosa que no entenia del tot.

I, com a guerrer, només hi havia una manera de preparar-se per això.

A l'interior, la casa estava disposada al típic estil nan.

La planta baixa estava lleugerament enfonsada sota el nivell del carrer, una habitació individual que ocupava la major part de l'espai, amb una cuina al darrere i escales de cargol de pedra que pujaven fins al pis superior.

Adriana, però, immediatament es va dirigir a les escales que baixaven, com si esperés que ho seguís.

Per descomptat, les cases dels nans, fins i tot a ciutats humanes, tenien soterranis substancials, però per què no lliurar els documents aquí?

I on era Astrid?

La va seguir pels esglaons, i immediatament va notar una olor estranya.

Era picant, picant una mica com a encens, però res que pogués identificar.

La seva mà estava a la seva daga ara, alerta al perill.

No era l'olor dels orcs, ni res tan perillós, de fet, fins i tot semblava força agradable.

Però era fora de lloc aquí, i això era el que el preocupava.

"Per aquí", va dir la comerciant, i ell va entrar en una habitació, amb la mà encara a la daga.

Estava fosc, amb només un petit braser per a la il·luminació, però els seus ulls estaven naturalment adaptats a la tènue llum, i aviat va distingir els detalls.

Era un dormitori, al típic estil de soterrani de molts nans, on podien dormir envoltats de roca sòlida.

Més important encara, Astrid no era aquí.

Es va tornar, només per descobrir que l'Adriana havia tancat la porta, i ara estava recolzada contra el seu interior, bloquejant l'única sortida.

Amb una mà, va encendre un llum dret sobre una tauleta de nit i la llum groga es va vessar per l'habitació.

L'olor era més forta ara, fent-lo sentir estrany.

El seu aroma el formiguejava al nas, i el feia sentir calent, gairebé suat, com si hagués menjat un menjar picant.

Això ennuvolava els seus pensaments, però no ho feia sentir-se feble o malalt.

De fet, se sentia força capaç, enèrgic.

"Què està passant aquí?" Va dir amb les dents estretes, mig tirant la daga.

Ella estava desarmada, i no hi havia ningú més a l'habitació.

No seria una baralla difícil, si fos això, i, pel que ell sabia, ella ni tan sols era una maga.

Semblava poc probable que estigués intentant atacar-lo o empresonar-lo, aleshores, quin era exactament el seu pla?

"No hi ha necessitat del ganivet", va dir Adriana, encara recolzada contra la porta, "no estàs en cap perill. Admeto que sóc una mica deshonesta... però és el teu amic Conan qui es decebrà, no tu. Ara mateix, ell hauria d'estar recollint els documents d'Astrid, cosa que, em temo, no va ser exactament el que ho va portar a pensar que estaria fent. T'hauria donat els documents jo mateixa, però ella realment insistia a aferrar-s'hi. bé, ella no els està donant a qui va dir que donaria".

Snagg va arrufar les celles, intentant ignorar l'olor que ara s'adonava que havia de venir del petit braser.

"Això no respon a la meva pregunta: què estàs fent? Per què em vols?"

"Ah, sí", va dir ella, enrojolant-se lleument, tret que l'encens també l'afectés, "aquesta és la pregunta".

Ella va empassar una mica, i va posar una mà darrere de la seva esquena.

Snagg es va posar lleugerament rígid, però ell l'havia vist mentre la seguia escales avall; no tenia res amagat allà, llevat que fos particularment petit.

Una agulla?, potser, però segurament no gaire més.

"He treballat amb nans durant molt de temps", va dir, encara sense arribar al punt: un tret humà molt molest. "I he desenvolupat un afecte real per la teva gent. No estic mentint quan dic que m'agrada la cuina nana, per cert. Però hi ha alguna cosa nana que gairebé no he tingut l'oportunitat de tastar".

Estava jugant amb alguna cosa darrere de la seva esquena, però fos el que fos, ell no ho podia veure.

El més estrany era que ella no semblava agressiva.

Nerviosa, potser, però fins i tot més que això, emocionada.

El to de veu era gairebé amistós, no amenaçador.

Snagg realment no podia entendre el seu comportament en absolut.

"Els homes nans són forts, poderosos, amb aquests braços i cossos musculosos", va continuar, amb una veu estranyament ronca de sobte. Què tenia això a veure amb...? i després el seu pensament es va aturar allà, quan es va adonar del que estava fent darrere seu.

Ella estava desfent els cordons a la part posterior del seu vestit.

Ella va lliscar un braç fora d'ell, i després l'altre, tirant-lo cap avall sobre els malucs, per ajuntar-se aquest als seus peus.

A sota, duia un llarg torn blanc, gairebé sense mànigues, amb un escot profund.

"Ara entens per què ets aquí?" ella va preguntar, "i, per descomptat, ¿per què necessitava l'engany? Sense ell, mai no podria haver tingut l'oportunitat".

Ell podria haver corregut cap a la porta, aleshores, però hauria d'haver-la tret del camí.

I, com que portava roba que ja no era del tot decent, tocar-la podria causar-li una impressió equivocada.

A més a més, tot el que havia de fer era negar-se.

Realment era així de simple... no?

"Però ... ets humana", va dir, horroritzat pel seu enfocament descarat. "No... certament no amb... si coneixes la meva gent, has de saber això! És només que..." va balbucejar, incapaç de pensar en què més dir.

"No em trobes res atractiva?" va dir fent broma, traient-se les sabates i avançant des de la porta, la prim combinació aferrant-se als seus revolts per després inclinar lleugerament cap endavant per mostrar el seu escot.

"No siguis... vull dir que ets...", va intentar protestar, per explicar que ella tenia la forma incorrecta, l'alçada incorrecta, que la seva mandíbula era massa rodona, la seva cintura massa prima i les seves extremitats, massa llargues.

Però, traïdorament, va començar a sentir una agitació a les entranyes, mirant-la.

Les corbes del cos eren diferents, però d'alguna manera agradables.

Mai abans no s'havia sentit així amb una dona humana, i no podia imaginar per què ho sentia ara.

Estava suant, i la seva daga va lliscar de la seva mà dubitativa, lliscant de nou a la beina.

Què li passava?

Ell no s'havia mogut del lloc on era, i ella va continuar avançant cap a ell.

Ell podia córrer al seu voltant ara, però per alguna raó sentia que no es podia moure.

No era una paràlisi literal, però la seva ment estava agitada, incapaç de pensar correctament.

Ella el va aconseguir, dret just a poca distància a peu davant d'ell.

El seu nivell de visió estava una mica per sobre del melic, l'abdomen prim i allargat d'una dona humana.

Va mantenir els ulls fixos al capdavant, prement i afluixant les mans, intentant arribar a una decisió sobre com actuar.

Ella es va agenollar, la cara ara més o menys al mateix nivell que ell, els seus ulls blaus molt oberts per l'emoció, els seus llavis lleugerament separats.

Va evitar mirar cap avall, cap a aquella combinació de tall baix, i va maleir la sensació a l'engonal que li va fer voler fer això.

"No crec que estiguis sent completament sincer", va dir, "i no és que jo hagi estat l'exemple de l'honestedat avui, ho admeto. Però ara, vegem..."

Ella es va avançar, al nus a la part superior de la seva túnica de cuir sense mànigues encoixinada, hàbilment el desfà i després se l'empeny cap enrere, sobre els braços, fins que cau sobre el terra de pedra darrere seu.

Va tornar a estrènyer les mans, volent empènyer-la, però sense voler fer-ho alhora.

Sabia que això no estava bé i que la podia aturar en qualsevol moment, però semblava incapaç de fer-ho.

Ella estava aixecant la seva camisa ara, aixecant-la sobre el seu pit, i tot i així no es resistia, encara que sabia que ho hauria d'haver fet.

Se la va posar sobre el cap i la va tirar, i ell va retrocedir un pas involuntàriament, com si el sobtat moviment hagués aclarit el cap per un moment.

Va parpellejar, mentre una gota de suor queia per un costat de la cara.

L'olor de l'encens era... sí, segurament havia de ser això, es va adonar de sobte!

"Un afrodisíac?" va dir bruscament, assenyalant amb el cap cap al braser.

"Ah, sí... ja veus, vaig pensar que podries necessitar una mica d'al·licient. Una relaxació d'aquestes famoses inhibicions nanes. Però no pot fer que facis el que no vols. Si realment et sents rebutjat per mi, et sentiràs calent, i això seria tot el que passaria".

Els seus ulls van viatjar per tot el cos, ara nu de cintura cap amunt.

"De fet ets musculós", va dir ella, amb la veu ronca de nou, "et veus molt masculí, Snagg".

Va estendre la mà, gairebé amb cautela, i li va acariciar el pit, passant els dits pels cabells i els músculs ferms dels seus pectorals.

Ell va sentir que la seva erecció creixia, ara gairebé llençant contra el material ferm de les seves tires.

Va haver de resistir-se, va haver de ...

Va tancar els ulls, apartant de la seva ment la imatge del cos amb prou feines vestit.

Segurament, si ell no responia a les seves carícies, llavors ella se n'aniria?

Hi va haver un xiuxiueig de tela, però ella no ho va acariciar una altra vegada, i ell va mantenir els seus ulls fermament tancats.

"No vols mirar?" Va dir ella, i malgrat si mateix, ell va mirar.

Ella s'havia retirat de la seva combinació, agenollada davant seu i ara no portava res més que un parell de peces de roba interior de seda molt més curtes que qualsevol cosa que qualsevol dona nana pogués fer servir.

La cintura era prima, un cos llis i sense pèl, més amb forma de rellotge de sorra que la d'un nan.

Els seus pits penjaven solts ara, els mugrons rosats completament inflats.

Els seus ulls es van centrar en un grapat de pigues pàl·lides a les espatlles i clavícula, després va forçar la seva mirada cap amunt i cap a una altra banda, cap a la cara.

"Crec que t'agrado, ¿oi? I això no pot ser simplement el perfum. No funciona així".

Ella va fer fora els seus pits, passant les mans sobre ells, fregant els mugrons inflats, mentre els seus ulls traïdors observaven cada moviment.

La seva erecció se sentia enorme ara, incontrolable.

Segurament això hauria d'acabar aviat?

"No estic..." va començar, intentant explicar, per fer-la veure el poc sentit de la situació. "Ets humana, i sóc un nan. Simplement no puc!"

"Hmm..." va dir ella, "no em sembla que sigui així".

De sobte, ella es va ajupir i va agafar la seva entrecuix, fent la seva erecció inflada a través del suau cuir, prement les boles lleugerament mentre ho feia.

Ell va grunyir involuntàriament, incapaç d'evitar-ho.

La polla se sentia com si volgués esclatar.

"No, això vaig pensar", va dir ella, simplement.

Les paraules estaven més enllà d'ell ara, no podia pensar en res a dir.

No hi havia manera que pogués negar que el seu cos estava responent com ho faria amb qualsevol dona nana, sense importar la seva vergonya personal.

Potser, va pensar, ella havia mentit sobre el poder del perfum afrodisíac, potser inspirava pensaments que altrament no hauria tingut una persona normal.

Potser fins i tot funcionava de manera diferent en la seva raça que en els humans.

En el fons, però, sabia que això no era cert.

Ell va romandre immòbil, encara dret, rígid, mentre ella deslligava el seu cinturó, deixant-lo caure, amb la daga, a terra.

Els seus dits van aconseguir el cordó a les seves tires, i finalment ell es va moure, agafant el seu canell.

"No..." va aconseguir dir, gairebé un granyit.

"No crec que vulguis dir això de debò", va dir, "i he arribat massa lluny per rendir-me ara".

Ella va aixecar la mà esquerra, lentament, movent-la cap a on ell sostenia l'altra.

Amb delicadesa li va apartar la mà de les tires, i aquesta vegada ell va romandre immòbil, els ulls miraven la mà com si estigués fascinat, però no fent res per aturar-la.

Amb una mica de poca traça, ella va desencadenar el cordó, i la seva mà dreta es va alliberar de la seva agafada ja suada i ràpidament debilitat.

Va agafar un dels costats dels seus calçons i, amb un sol moviment, en va estirar i va baixar la roba interior cap als genolls.

La seva polla va saltar, per fi lliure, sortint de l'espessa massa de pèl púbic.

Ella no va dir res al principi, els seus ulls fixos al premi.

Es va estremir, mentre la culpa i la vergonya s'alçaven dins seu, però incapaç de controlar la poderosa luxúria que sentia.

Ella va estendre la mà, i ell va grunyir amb les dents estretes mentre prenia la seva polla amb una mà, lliscant al llarg de les seves boles fins a la punta, passant el polze sobre el seu prepuci.

"És totalment de mida humana", va xiuxiuejar ella, "m'havia preguntat com la tindries".

Ella el va deixar anar i es va posar dempeus, portant que els ulls d'ell estiguessin al nivell de la base del seu pit de nou.

Aquesta vegada va aixecar la vista, malgrat ell mateix, observant com pujaven i baixaven els pits, just per sobre de l'alçada del cap.

Amb un altre moviment ràpid, es va treure les últimes peces de roba restant, i després se'n va apartar, caminant cap al llit.

S'hi va pujar, descansant cap endavant sobre les mans i els genolls, els pits penjant i les natges aixecades a l'aire.

El llit nan era massa curt per a ella, per descomptat, i fins i tot en aquesta posició, els seus peus s'estenien sobre la taula baixa de la base.

El seu darrere estava cap a ell, i ella va separar les seves llargues cames, revelant la seva vulva rosada i inflada.

Estava gairebé sense cabells allà baix, i ell podia veure la seva humitat a la llum de la llum del llum.

Ella respirava pesadament, els pits es movien cap amunt i cap avall mentre ho feia.

"La porta no està tancada", li va dir, encara que no se li havia acudit mai que podria estar-ho. "Pots anar-te'n ara, i ningú ho sabrà mai. O pots complir el meu somni més salvatge. Aquesta", va continuar, amb una mica de penediment, "és la teva elecció ara".

Va mirar a la porta, i la roba reunida al seu voltant.

Seria tan fàcil tornar a jalar les seves peces i marxar.

Però en aquell moment va saber que no ho volia fer.

Va fer un crit curt i sense paraules, i es va ajupir per treure's les botes, emportant-se l'última roba.

Nu, va córrer per l'habitació i va saltar sobre la part posterior del llit.

Com s'atreveix a tractar-ho així? Ara li ho demostraria!

Es va posar de peu al matalàs i la va mirar a l'esquena, a la cua de cavall en part a través del seu cos i després penjant de banda.

Ella va tornar el cap cap a ell, mirant enrere, primer a la seva pròpia cara, com si estigués avaluant les seves emocions, i després a la seva polla voluminosa, ara aixecant just per sobre de les seves natges.

"Sí ..." va dir ella, la paraula gairebé atrapada a la gola.

Va agafar la cintura amb les dues mans, sentint la suau pell humana, i la va alçar al nivell dels malucs.

Els seus genolls es van aixecar per alliberar-se del llit mentre ho feia, i ella va aprofitar l'oportunitat per moure els peus sobre el llit, pressionant els dits contra la taula de fusta per recolzar-se.

"No et burlis d'un guerrer nan", li va dir amb fermesa, "o sentiràs la llança".

Va mirar cap avall al seu humit cony, la seva palpitant polla tot just a una polzada de distància, i després la va atreure de sobte cap a ell, empenyent els malucs cap endavant en el mateix moviment, enfonsant profundament dins del seu cony.

Ella va cridar, un fort crit de pur plaer.

La seva pròpia excitació era intensa, la sensació del seu cony tou al voltant de la seva polla fins i tot millor del que havia imaginat.

Ell va sortir, després la va empènyer una vegada i una altra, agafant els malucs amb força, clavant els seus dits a les seves natges rodones.

Adriana va deixar escapar un llarg gemec propi, amb els ulls molt oberts per la passió, amb la suor gotejant pel seu front.

Al principi, els seus grunyits eren sense paraules, gairebé agressius en el seu tenor, però després va tornar a trobar la veu.

"Tu ... sentiràs ... el que ... significa ..." panteixà, empenyent la seva polla inflada una vegada i una altra en la seva ajustada calor, "estar amb ... un nan ... i ... un humà... no et... podrà satisfer... així... una altra vegada".

Ni tan sols estava segur de si ella podia sentir-ho, ja que els seus gemecs de plaer eren ara molt forts i perllongats.

Ell va continuar copejant-se contra ella, musculosos braços i natges treballant a l'uníson per empalar-la.

Els seus pits van tremolar, tot el seu cos es va sacsejar amb la força de la seva acció.

Les seves cames tremolaven, però encara sostenint-se, pressionant amb força contra el llit, mentre la seva polla es ficava dins i fora del seu cony humit.

Es va sentir a punt d'alliberar-se i va augmentar encara més el ritme del seu bombament, provocant encara més gemecs d'èxtasi de la boca oberta d'Adriana.

Per fi, va llançar un vell crit de guerra nan, i amb una última empenta, es va sentir córrer-se, regalimant el seu semen nan calent a la seva vagina humana i feble.

El seu cony es va convulsionar, agafant-lo mentre se sacsejava en els espasmes del seu propi orgasme sobtat, fins que per fi tots dos es van esfondrar en un munt de cossos esgotats i suats.

LA HISTÒRIA CONTINUARÀ A :
CONAN EL BÀRBAR
TERCERA PART